後宮の生贄妃

〜呪われた少女が愛を知るまで〜

望月くらげ

STARTS
スターツ出版株式会社

これは呪われた目を持ち、家族にすら疎(うと)まれ虐(しいた)げられ続けた少女が、
死の皇帝を愛し、愛され、誰よりも幸せな人生を歩むための物語――。

目次

後宮の生贄妃

〜呪われた少女が愛を知るまで〜

第一章　呪われた少女と死の皇帝

三歩（現在の六畳）ほどの狭い部屋には明かり取り用の小さな窓しかなく、ほとんど日の光の入らないこの場所は昼間でも薄暗い。室内には足の欠けた小卓と薄く粗末な衾褥、まるで獄のような部屋には不釣り合いな鏡が一つあるだけだった。

鏡には十八にしては幼い顔立ちの、煤け頬が瘦けた少女が映っている。その目は一際輝きを放っていた。

「忌ま忌ましい目……。こんな鏡もなければいいのに」

自分自身の姿に嘆息をもらす。それでも楊春麗にとって、ここは唯一自分一人になれる空間だった。

外が騒がしくなり、春麗は諦めたように小卓の上に置いた麻布に手を伸ばした。端がほつれた麻布で目を覆い、頭の後ろで固く結ぶ。辺りから目元が見えないことを確認して、春麗は扉を開けた。

厨へ向かい、他の使用人たちに混ざり春麗は朝餉の支度を始めた。誰もここに春麗がいることを不思議に思わない。それどころかここにいるのが当たり前だとさえ思っている。たとえ春麗の出自を知っていたとしても。

「皇帝陛下が……」

「まあ恐ろしい……」

噂話をする下女を尻目に、春麗は用意ができた朝餉の膳を手に取った。

自分が食べるためではなく、運ぶために。同じように膳を持った下女と共に厨を出て、回廊を進む。母屋へ向かうと、奥にある広間の襖の前で膝をついた。

「失礼します」

朝餉を載せた膳を持ち、頭を下げて室内に入る。そこには父と義母、そして義妹である花琳の姿があった。姉妹とはいえ、春麗と腹違いの妹である花琳には大きな差がある。襤褸を纏う春麗とは違い、花琳は真っ赤な襦裙を身につけ、口元には紅を引いていた。十四歳とは思えぬ発育に、求婚の申し出が山のように届いていると嬉しそうに花琳が話していたのはつい先日のことだ。一生この屋敷で下女として働き生きていくであろう春麗とは雲泥の差だった。

家族団らんと言わんばかりの三人から顔を背けると、春麗は持ってきた膳をそれぞれの前に置いていく。まるで目が見えているかのように膳を運ぶ春麗に、父である楊俊明は訝しげに口を開いた。

「おい、春麗」

「はい」

「本当は見えているのではないか？」

このやりとりも何度目だろうと思ったが、そんなことはおくびにも出さず春麗は淡々と答える。

「いえ、私には何も見えておりません」

そのやりとりを聞いた花琳は嬉しそうに笑った。

「ではお父様、私が確かめて差し上げますわ」

そう言ったかと思うと、花琳は湯菜(タンツァイ)の椀(わん)を春麗へと投げつけた。

瞬間、避けそうになるのを春麗は必死に堪(こら)えた。避ければやはり見えているだろうと余計疑われることを知っていたからだ。

熱々の汁は春麗の顔にかかり、辺りにも飛び散った。空になった椀は音を立てて床を転がっていく。それを見て満足そうに頷く俊明と嘲笑(あざわら)う花琳の声が聞こえた。

「ああ、汚い。春麗、さっさとそれを拭きなさい」

「……はい」

義母である白露(はくろ)の言葉に、春麗は手巾(しゅきん)を取ると床を慌てて拭(ぬぐ)った。その間も、湯菜をかけられたところが酷く痛んだが必死に声を押し殺した。一声でも上げれば、さらに罵倒(ばとう)されるのはわかっていたから。やがて春麗を視界に入れるのも嫌になったのか「下がれ」と俊明は言った。その言葉に、春麗は頭を下げ広間をあとにした。

咎(とが)められない程度の早さで、足早に回廊を抜けていく。そのまま裏の井戸へと向かうと桶に水を汲み何度も何度も顔を洗った。ヒリヒリとしてはいるが、どうやら水ぶくれにはなっていないようだった。

「ふっ……くっ……」

　頬を流れるのは水なのか涙なのかわからない。ただこれが春麗にとっての日常で、そして終わりのない地獄だった。

　無造作に顔を洗ったせいで麻布も随分と水を含んでしまっていた。湯菜がかかった麻布をきちんと洗いたいとは思うが、ここでこれを外すことは許されない。

　春麗は急いで自室へと戻った。固く結んだそれを外すと、春麗の金色の目が開く。この目を父もそして義母も恐れているのだ。

「こんな目、なければよかったのに」

　呟く春麗の耳に、誰かの足音が聞こえた。慌てて近くにあった別の麻布で目を覆った瞬間、容赦（ようしゃ）なく戸が開かれた。

「お姉様」

「花琳……」

「ようやく見つけましたわ」

　そこには春麗を見下ろすようにして立つ、花琳の姿があった。

　朝餉はもう終わったのだろうか？　それに見つけたということは、春麗を探していた……？　まさか湯菜をかけるだけでは足りなかったとでも言うのだろうか。

　春麗はこれから何をされるのか、恐怖に身を縮（ちぢ）めた。

そんな春麗を見て楽しげに微笑んだあと、花琳は手に持った手巾を差し出した。何かが入っているのか手巾は膨らんで見えた。

「――差し上げますわ」

「え……？」

どういう風の吹き回しだろう。そう思いつつも手巾を受け取ると中には蒸したてだろう、湯気が立つ包子があった。春麗は唾を飲む。今日はまだ何も食べておらず、いい匂いのする包子に腹の音が鳴るのがわかった。

「いい……の？」

「ええ。私、お姉様に今までしてきたことを悔いているのです。先程だってあのようなこと私はしたくなかったのですがお母様の手前……。お姉様、私を恨んでいらっしゃいますか？」

「そんな……ことは……」

「ああ、嬉しい。さすがお姉様ですわ。さあ召し上がってください。冷めないうちに」

「あ……あぁ……」

春麗は花琳の言葉に涙を流しながら頷くと、包子にかぶりついた。今の春麗を見て誰が良家の令嬢だと思うだろうか。そんなことが頭を過ったけれど、今はどうでもよかった。口の中に広がる肉の味、熱さ、そして舌が痺れるような感覚――。

「ぐっ……かはっ」

　強烈な吐き気に春麗は口に含んだ包子を吐き出した。噎せ返り、嘔吐する音だけが狭い部屋に響く。胃液も同時に出たようで、部屋の中には酸っぱい臭いが漂っていた。

「あら、生きていらっしゃるのですね」

　そんな春麗にまるで汚いものでも見るかのような視線を向け、花琳は吐き捨てた。

「か……り……ゲホッ」

「ああ、汚い。致死性が高いなんて言っていたけれど嘘だったのね。包子まで用意して損したわ」

　花琳のその一言に春麗は言葉を失った。

　致死性が高い？　まさか毒でも入っていたというのだろうか。

　信じられなくて、信じたくなくて春麗は必死に顔を上げる。吐いた拍子に麻布がズレたのか、薄らと光が見える。そんな春麗を見下ろすと花琳は嘲笑った。

「まさか、信じられないって顔をしているわね。馬鹿ね、これで何回目だと思っているの？　私があなたなんかに施すわけがないでしょ。いい加減気付きなさいよ」

　鼻で笑うと花琳は部屋を出て行った。残されたのは蹲る春麗一人。汚れてしまった床を片付けなければ。そう思ったけれど、上手く身体が動かない。必死にもがくうちに麻布の結び目が解け、そのまま嘔吐物の中に沈んだ。

前にもこういうことがあった。あの時は高熱が出て三日三晩寝込んだ春麗に「まだ死んでいなかったの」と花琳が言ったことを覚えている。

疎まれていることは知っていた。それでも、もしかしたらと期待してしまう。今度こそ思い直して自分を受け入れようとしてくれているのではないか、と。そんなことあるはずがないのに。

春麗は震える手で自分の目に触れた。呪われた金色の瞳をもつ目に。

春麗の目は父とも母とも異なる色をしていた。唯一、母方の曾祖母に春麗と同じく金色の目をしている者がいたらしい。そうでなければ春麗の母は姦通を疑われていただろう。いや、疑ってなどいないと口では言いながらも、腹の内ではそうは思っていなかったのだ。

春麗の父である俊明は自分とは似ても似つかぬ顔立ち、そして違う国の血でも混じっているかのような目を持つ春麗を疎んだ。また、不義の子を産んだと思い込み、春麗の母であり、自らの妻である鈴玉を事故に見せかけて殺したのだ。

鈴玉の死後、後妻として入った白露は義妹、花琳を産んだ。俊明は、自分によく似た花琳を可愛がり、春麗をますます疎むようになった。

それならいっそ殺してくれれば、そう思うこともあったが俊明たちは決して春麗を殺さなかった。いや、殺せなかった。

それもまた春麗が持つ金色の目のせいであった。

「どうしてこんな目が……」

いっそのこと自分の手で抉り取ってしまいたかった。この呪われた金色の目を。

この目が呪われていることに最初に気付いたのは、今は亡き春麗の母、鈴玉だった。

春麗が使用人の男を指差してこう言うのを聞いたそうだ。

「あの人、もうすぐ病気で死んじゃうわ」

それまで目の色は違うが、それでも楊家の一人娘ということで可愛がられてきた。

俊明も周りの手前、自分の娘だという扱いをしていた。しかし、その使用人が死に、その後も似たようなことが続くと、誰かが言った。「呪われた目を持つ呪われた子だ」「その目に映された者は死の宣告を受ける」と。

実際、春麗の目には死が見えていた。ただそれは周りの言うようなものではなく、その人の顔に書かれていたのだ。『病死』と。

幼い春麗はただそれを読み上げただけだった。それがどんなことになるとも知らず。

呪われた子を殺せばどんなことがあるかわからない。かといって、これ以上死の宣告をされるのはたまったものではない。そこで俊明は屋敷の離れに春麗を押し込んだ。

誰の目にも触れさせぬよう、そして誰もその目に映させぬよう。春麗から母を奪い、綺麗な襦裙を取り上げ、目を開けることを禁止した。

許されたのは襤褸を纏うこと、そして目を隠し下女として生きることのみ。そんな生活を十年以上続けていた。

以来、周りの者も春麗を恐れていたが、春麗もまた怖かった。また誰かの死を見てしまうことが。

「いっそ殺してくれればいいのに」

義妹である花琳は春麗のことを壊れてもいい玩具か何かだと思っているのか、時折ああやって食べ物を持ってやってくる。そして春麗の苦しむ姿を見て嘲笑うのだ。食べなければ食べないと他人が聞けば思うかもしれないが、食べなければいで口を無理矢理開かされ、そして呼吸ができなくなるほど持ってきた食べ物を押し込まれる。

ただ、そうだとわかっていても春麗は縋ってしまう。もしかしたら今度こそ自分を受け入れてくれたのではないか、と。

「そんなことあるわけないのに」

人を怖がるくせに心の奥底では人を求めてしまう。そんな自分が情けなくてみっともなくて、空しい。苦しくて切なくて悔しくて仕方がない。

思考が上手く回らないのは花琳に盛られた毒のせいだろうか。荒いまま落ち着かない呼吸に額からは脂汗が流れ落ちる。楽になりたい一心で、春麗は目を閉じた。

こんな生活はもう嫌だ。逃げ出してしまいたい。けれど、逃げ出す場所なんてどこにもない。死ぬまでこの場所で生き地獄のような日々を送るだけ。そんな自分の惨めな人生に一筋の涙を流しながら、春麗は意識を失った。

春麗が目覚めたのは、とっくに日が落ちた頃だった。舌の痺れが治まっているところをみると大事には至らなかったようだ。春麗は小さく息を吐いた。

最初の頃は酷かった。花琳を信じ、喜びそして食べきってしまったものだから、身体の中から毒が抜けきるまで生死をさまよった。あの時は本当に死ぬかと思った。と、言えば嘘になる。

衾褥のそばの小卓に置いた鏡を見て自分が死ぬことはないと春麗は気付いていた。こんなに苦しくても死ねないのだと。

暗闇の中、春麗は床の嘔吐物を片付けると戸を開けた。下女の誰かが置いたのだろうか。そこには冷えた、夕餉（ゆうげ）というには粗末な饅頭（まんとう）が一つあった。一瞬、朝の包子が頭を過ったがこれは花琳からではない。花琳であれば自分の目の前で春麗が苦しむ姿を見て嘲笑うだろう。少なくとも、こんなふうに無造作に置いておくことはない。

手に取った饅頭を部屋の中に入れると、春麗は中庭――ではなく屋敷の裏庭へと向かった。

隅にある井戸で水を汲み、髪を、そして身体を洗う。風呂になんて入らせてもらえるわけがない。ここを使っているのだって見つかれば咎められる。そのため、普段は家人が寝静まったあとに身体を洗っているが今日ばかりはそうもいかなかった。

自分の嘔吐物で汚れてしまった身体を、春麗は必死に洗う。暖かい季節には程遠く、指先が凍りそうな程冷たい水で身体を洗うのは、惨めで哀れだった。

臭いは気になるもののようやく身体の汚れを落とし終わり、春麗は誰にも気付かれないように自室へと急いだ。

回廊の向こうにある母屋では楽しそうな声が聞こえてくる。

しかし春麗には関係のないことだった。誰も呼びに来ないということはもう今日の仕事は終わりなのだろう。

冷めてしまった饅頭をかじり、そして再び眠りについた。明日は今日よりもいい日であることを願って。


包子の一件から数日が経った。この数日は花琳が何か仕掛けてくることもなく、春麗は平和に過ごしていた。このまま何事もなく日々が過ぎ去って欲しい。そう願う春麗の想いも空しく、騒がしい声と共に部屋の戸が開かれた。

「春麗様」

「……なに、か」

そこにいたのは芙蓉という古くからこの屋敷に仕える侍女だ。蔑むような視線に春麗は俯いた。この芙蓉は春麗の母である鈴玉を嫌っていた。そしてその子である春麗のことも。

休んでいることを咎められるのか。けれど今は特に仕事もないはずだ。そんなことを考えていると芙蓉は冷たい声で告げた。

「旦那様がお呼びです」

「お父、様が？」

何かの聞き違いだろうかと春麗は思わず確認する。しかし芙蓉はそれ以上何も言わず真新しい麻布を差し出した。

「これを目に」

「すでに巻いているのがありますが……」

「もう一枚、とのお達しです」

「わかり、ました」

手渡された麻布を今巻いているものの上から巻く。元々見えることはなかったけれど、闇が一層深くなったような気がした。

芙蓉は無言で春麗の背後に回ると、力を込め固く麻布を縛り直した。

瞼に食い込む麻布があまりに痛くて思わず声が漏れそうになるのを必死に堪えた。ズレないことを確認すると芙蓉はついて来いとばかりに先を歩く。春麗は芙蓉に連れられるままに母屋へと向かった。

仕事以外で母屋に足を踏み入れるのは何年ぶりだろうか。そんなことを考えていると芙蓉は奥の部屋の前で立ち止まった。確かにそこは春麗の父、俊明の部屋だった。

「連れてきました」

「入れ」

俊明の声に春麗は背筋が凍る思いだった。

部屋に入ると父の前に座り春麗は頭を下げた。決して父の顔を見てはいけない。それは幼い頃から言われ続けたことだった。今は麻布で隠れているとはいえ人の死を映す金色の目。万が一にも俊明の死を宣告するようなことがあってはいけない、と。

頭を下げたままでいる春麗に俊明は冷たい声で言った。

「お前の輿入れが決まった」

「え……？」

思わず顔を上げそうになるのを必死に堪えた。俊明の言葉の意味が、春麗には理解できなかった。今、輿入れと言った？　誰の？　まさか、春麗のだとでもいうのか。

呆然とする春麗に、俊明は淡々と告げる。

「三日後、迎えの者が来る。その日までにその薄汚い身体をなんとかしておけ」

「お、お父様！」

「話はそれだけだ。連れて行け」

「あっ」

芙蓉は春麗の腕を掴み、引きずるように部屋をあとにした。春麗は何が何だかわからず、俊明の言葉を反芻する。

輿入れ、ということは結婚である。どこの誰に嫁がされるのかもわからないが、春麗のこの目のことを知っていて結婚するというのだろうか。そんなことがあるのだろうか。答えのない問いが春麗の頭の中で次々と浮かび上がる。

それでも、もしかしたら、もしかしたら、と僅かな希望に縋ってしまう。そんな希望など、すぐに打ち砕かれるというのに。

芙蓉に連れられるまま風呂に行き、身体を流す。風呂に入るのなんていつぶりだろうか、井戸の水で洗っただけでは落としきれなかった汚れが、黒い水となって流れていった。

風呂を出るといつもの襤褸ではなく真新しい襦裙が用意されていた。

本当にこれを着てもいいのかと躊躇ったが、今まで着ていた襤褸はいつの間にか片付けられていた。春麗はそれに恐る恐る袖を通した。

幼い頃着ていた襦裙を思い出させるような肌触りに、酷く胸が痛む。そんな春麗をいつの間にやってきていたのか、壁にもたれかかるようにして見ていた花琳は鼻で笑った。

「あら、綺麗になりましたね」

「……花琳」

「まるでどこかいいところの娘のようよ。ああ、売女の娘だけれどお父様のおかげで出自だけはよかったわね」

「お母様を悪く言わないで！」

「おお、怖い。輿入りが決まったからって偉そうな口きくじゃない。その分じゃあ、自分がどこに嫁入りするか知らないようね」

花琳は形のいい唇を意地悪く歪めた。

「花琳は何か知っているっていうの……？」

「ええ。知りたい？」

「知り、たい」

「それが人に請う態度？」

花琳が春麗のためになることを言うはずがない。そうわかってはいても、花琳の他に教えてくれる人もいない。春麗は縋る思いで跪き花琳に頭を下げた。

「教えて、ください」

「うふふ、惨めですわね。誰にも相手にされない女って。でも、いいですわ。教えてさしあげるわ。お姉様が嫁ぐのは死の皇太子、いいえ。先帝(せんてい)が身罷(みまか)られたから今は死の皇帝陛下ね。今上帝(きんじょうてい)、劉青藍(りゅうせいらん)様よ」

「皇帝、陛下……？　嘘……」

「ふふ、その様子じゃあお姉様も知ってらっしゃるみたいね。どうして死の皇帝陛下と呼ばれているか」

　その噂は下女として働いている春麗にも届いていた。しかし噂というのは尾ひれがつく。これもその類(たぐ)いのものだと思っていたのだけれど。

「せっかくだから教えてあげる。今上帝の周りの人間はみんな死ぬの。母后(ぼこう)、侍従(じじゅう)、そして今度は先帝も……。あのお方は呪われているのよ。ああ、死の目を持つあんたと似ているわね。あんたが妃(きさき)となれば我が家には皇帝陛下との繋がりができる。皇帝陛下の呪いで死んでくれれば厄介払いもできる。ね、完璧でしょう？」

　花琳の恐ろしい言葉に、春麗の手は震えていた。そんな春麗の姿に気分をよくしたのか花琳は楽しそうに笑った。

「まさか自分がどこかの旦那様に見初(みそ)められたとでも思っていたの？　そんな物好きいるはずがないでしょう？」

花琳は小首を傾げながら楽しそうに口の前で両手の指先を合わせると、小さく笑みを浮かべ、それから話を続けた。

「代替わり直後とはいえ後宮に揃えられた妃嬪が相次いで亡くなり、そんな状況に自分の娘を置いておけないと残っていた妃嬪の大半が実家へ連れ戻されてしまったって話よ」

「それじゃあ後宮は……」

「行き場のない下働きの女官や宮婢ばかりね。そんなの外聞が悪いからどこかの家から娘を出せってなった時にお父様が真っ先にお姉様を推したのよ。呪いなんて気にしないってお父様は言っていたけれど、みんなわかっているわ。お父様が『うちの娘なら死んでも構わないから』って思っているってね。お姉様なんて所詮、生け贄に過ぎないわ。死の皇帝の贄に贈られる生贄妃よ」

「生贄妃……。そん……な……」

「お姉様が死ぬところを見られないのは残念ですが、さっさと死んで我が家にいい知らせを届けてくださいね。うふふ、楽しみだわ」

高笑いと共に花琳は春麗の部屋を出て行く。残された春麗は知らされた事実に愕然とした。しかし春麗は抗う術を持たない。それに、このままこの部屋で一生を終えるのも、後宮に入り皇帝の呪いで死ぬのも大差ないのかもしれない。

「生贄、妃……か」

どこであろうと春麗が望まれぬ子であることに変わりはないのだから。

俊明の話から三日後、春麗は今まで着たことのないような豪華な襦裙を身に纏い、後宮へと向かった。ただ見送りには誰も来ず、荷物も小さな風呂敷が一つあるのみ。これには迎えに来た侍従も驚いていたが春麗は気にならなかった。

目を隠すための麻布は屋敷を出る時に外すよう俊明から命じられていた。その目が何を映すのかを知らなければ、異国の血が混じっているぐらいにしか思われないからと、冷笑を浮かべながら言う俊明の姿を思い出す。そこにどんな意図があるかなど春麗に推し量ることはできない。

屋敷の門を出る寸前に不安を抱えながらも麻布を外し、そして俯いたまま牛車へと乗り込み後宮へと上がることとなった。春麗はせめてもと、前髪をなるべく前に下ろした。金色の呪われた目が隠れるように。誰の死もその目に映さないように、と。

春麗に与えられたのは後宮の奥にある槐殿という殿舎だった。随分と長く使われていないらしく、豪華絢爛、とは言いがたい。けれど、殿舎の中は春麗がいた物置のような部屋とは比べることが失礼なほど広く、粗末な衾褥の代わりに天蓋付きの臥牀も用意されていた。春麗付きの侍女もいるとのことで、あまりの環境の違いに春麗は戸惑ってしまう。

「何かございましたら後程参ります侍女に申しつけください」

「あ、は、はい。ありがとうございます」

思わず頭を下げる春麗を怪訝そうな目で見ると、案内してくれた宦官は槐殿をあとにした。残された春麗はどうしたらいいかわからず、とりあえず長椅子に腰を下ろした。着慣れない襦裙、落ち着かない部屋。

ここでは食事もきちんと出る。春麗の一挙手一投足を咎める者もいない。まるで夢のようだ。もう一度、部屋内を見回してから目を閉じる。部屋には香が焚かれているのか、いい香りが漂っていた。

こういう時、花琳であれば「この香りは――」と自信たっぷりに話すのだけれど、生憎と春麗にはこれが何の香りなのかわからなかった。

香と言えば義母や花琳が襦裙に甘ったるい匂いがつくほど焚いていた記憶しかない。そのせいで春麗の中で香に対していい印象はなかった。ただ、今焚かれている香は、何故だかわからないが、不思議と嫌な気持ちにはならなかった。

静かな殿舎に、庭園で鳴いているのだろうか、小鳥のさえずりが聞こえてくる。生まれて初めて、春麗は穏やかな時間を過ごしていた。

しかし、それがつかの間の平和でしかないことを春麗は知っていた。いつ皇帝陛下から呼び出されるか、そればかりが気がかりだった。

花琳や屋敷の侍女たちの言うことがどこまで本当かはわからない。けれど、ここに来るまでの道のりを思い出してみても後宮だというのに人気がなく、寒々とした空気が流れていることからも、何かあると言われても仕方ないのかもしれない。

「生贄妃、ですものね」

その日が来るまで、つかの間の幸せを噛みしめていよう。

呪われた目を持つ自分だけれど、それくらいの幸せは許されてもいいと、そう思いたかった。

春麗が後宮に上がってから数日が経った。未だ皇帝陛下へのお目通りはない。後宮にいるという皇太后陛下へも挨拶は必要ないと言われていた。結局のところ春麗は、生け贄として、ただ与えられた槐殿の中で過ごすだけだった。

そんな中、春麗には一つの疑問が浮かんでいた。噂とは異なり、後宮内にいる人の中で誰も死にそうな人がいないのだ。春麗は侍女や案内してくれた宦官の姿を思い出す。見ようと思ったわけではないのだけれど、必要に迫られ顔を上げた際に見たその顔には、誰一人として死の文字は出ていなかった。

花琳は妃嬪が次々と死んだと言っていたし、周りの人間も同様だと言っていたからもっと死の文字が溢れているのかと思っていた。

もしかすると皇帝陛下に近づかなければ大丈夫ということなのだろうか。それとも、やはりうわさは噂でしかなかった？　もしくは、春麗の知らない場所に、死の文字が浮かんだ者がいるのだろうか。

疑問に思うことはあれど、その答えを春麗に教えてくれる人間は残念ながら一人もいなかった。

春麗に与えられた槐殿は数ある殿舎の中でも後宮の最奥にある。もちろん皇帝陛下の日桜宮からは随分と遠い場所だ。皇后となるのであれば本来、月桜宮が用意されるはずだ。

それなのに、何故こんな離れた場所なのか。答えは簡単だ。誰も春麗が本当の皇后となるとは思っていない。

ただそこに皇后となる妃嬪がいるという形を保てるだけでいいのだ。

どうせそのうち死んでしまうであろう生贄妃の春麗を、皇后の部屋に入れることを嫌った。大切な皇后の部屋に穢れがつかないよう、今は使われていないこの槐殿を与えたのではないか。

その証拠に、未だ春麗は後宮における位階すら与えられていなかった。

とはいえ、今の春麗に死の文字はない。今までいたたくさんの妃嬪は死んだという のに。真相はわからないが、死ぬというのなら、それはそれでよかった。こんな目を 持って生きていても、そこに幸せなどありはしないのだから。

そんなことを思いながら、春麗が後宮で過ごして早十日。どれだけ待っても皇帝陛 下のお目通りはないままだった。

さすがに挨拶だけでもするべきではないだろうかと思ったが、侍女に尋ねてみても 「槐殿にてお過ごしください」と言われるだけだった。

そんな生活をしばらく続けていた春麗だったが、ある日侍女の周佳蓉に声を掛けら れた。

本来であれば屋敷から侍女を連れてくることもできたが、誰も春麗に付き従いたく なかったこと。

何より春麗へ何か与えることを嫌った白露の意向で、後宮に残っていた下級貴族の 娘である佳蓉を侍女とすることになったのだった。

しかしこれは春麗にとって居心地の悪いものだった。佳蓉は春麗を一人の妃として 扱う。まるでどこかの令嬢のように扱われることに春麗は未だ慣れず、そして戸惑う ばかりだった。

「春麗様、少し外に出てみませんか？」

「いいの、ですか？」

「ええ。ようやく許可が下りました。それから何度もお伝えしましたが、私に敬語はおやめください」

「あ、えっと……わかった、わ」

躊躇いながらも春麗は頷く。そもそもこんなふうに誰かと長時間一緒にいる、ということが春麗にとっては十数年ぶりのことなのだ。屋敷では下女たちと一緒に働いてはいたが、少しでも手を抜けば花琳の息がかかった下女が言いつけ、そして花琳や白露に折檻（せっかん）されていた。

さらに下女たちはあの屋敷の娘でありながら、自分たちと同じように働く春麗のことを疎み蔑んでいた。そんな中で、春麗と懇意（こんい）にする者などいなかった。

そんな生活を長い間送ってきた春麗に、緊張するなと言うほうが無理な話だ。

佳蓉は春麗の身支度を整えると、槐殿の扉を開けた。中庭を抜け外へと出ると、少し歩いたところに庭園が広がっていた。そこに咲く色とりどりの花に、春麗は思わず顔を上げた。後宮に上がった日もそうだったが、庭園にはたくさんの花が咲き誇っていた。春麗の生まれ育った屋敷にも、手入れされた花がたくさんあったはずだ。春になると、白露や花琳が庭で茶を飲んでいたのを覚えている。

春麗は井戸の周りや屋敷の花々を遠くから眺めるだけだったが、それでも数え切れないほどの花があった。しかし、今の時期はどこか殺風景だったはずだ。それなのにここは。

「綺麗……。あれはなんという花ですか？　……ではなくて、えっと、花、なの？」

「蝋梅（ろうばい）でございます」

教えられた花の名を口の中で何度か呟くと春麗は微笑んだ。花を見て綺麗だと思うことも、その花の名を知りたいと思うことも初めてだった。

それと同時に自分自身がこんなことを思っていいのかという不安に襲われる。

「呪われた目を持つお前がそんな風に思うだって？」

「あら、お姉様。お姉様に見られたら花が気の毒よ」

ここにはいないはずの白露と花琳の嘲笑う声が聞こえるようだった。

そうだ、自分なんかがこんな風に何かに心を動かされることがあっていいわけがない。春麗は唇をぎゅっと噛みしめると俯き、足下に視線を向けた。

「春麗様？」

「……やっぱり宮に戻るわね」

「かしこまりました」

佳蓉に告げると春麗は槐殿の中へと戻った。

自分には似つかわしくないとわかっている。それなのに、どうしてあんなにもあの花に惹かれるのだろう。

理由はわからなかったが、惹かれる気持ちは止められない。

その日から春麗は数日に一度、庭園に足を運び蝋梅を見上げるようになった。寒い中でも咲き誇るその花から、春麗は何故か目が離せなかった。


槐殿に来訪があったのはその日の夕方だった。先触れの宦官が佳蓉に何かを知らせ、俄に騒がしくなった。

「春麗様、今からこちらに皇太后様がいらっしゃるそうです」

「皇太后様、が？」

佳蓉の言葉に、驚きのあまり手に持った茶碗を落としそうになった。慌てて小卓にそれを置くと、もう一度確認する。

「皇太后様が、どちらにいらっしゃるの？」

「ですから、槐殿に、でございます」

少なからず佳蓉も動揺しているようで、いつもよりも言葉尻が厳しくなっている。

先程まで春麗が飲んでいた茶碗を片付けると、慌てて部屋の中を整え始めた。春麗も襦裙が汚れていないか、着崩れていないかを確認し、帔帛を肩にかけた。

皇帝陛下である青藍に皇后はいない。以前であれば、賢妃が皇后の役割を兼ねていたと聞くが、皇后どころか上級妃が不在の現在の後宮で、一番権力を持っているのは皇太后である謝珠蘭だった。

その珠蘭が春麗の殿舎を訪れる。一体、何のために。

「佳蓉は皇太后様にお会いしたことがあるの？」

「私も一度か二度、遠目にお姿を拝見しただけです。私が後宮に上がったのは代替わり後ですので」

佳蓉は三度目の片付けを終え、埃一つ落ちてないことを確認する。それでもまだ不安が残るようで、四度目の片付けに入ろうとしたがそれを止めると、春麗は佳蓉を伴い槐殿の外に出た。

日が暮れ始め、灯籠に明かりが灯る。やがて足音が聞こえ宦官たちが輿を担ぎ現れた。春麗と佳蓉は叩頭し礼を取る。しばらくして、頭上から凛とした声が聞こえた。

「顔を上げよ」

その声に春麗はおずおずと顔を上げる。そこには、まさに豪華絢爛といった襦裙を身に纏った女性の姿があった。皇太后ということは先帝の妃であったはずだが、その顔からは年齢を感じさせないどころか、義母である白露と比べても珠蘭の方が随分と若く思える。

鋭い眼差しに真っ直ぐ見つめられると、同性だというのにその色気に心臓がうるさく鳴り響く。

春麗が今着ている襦裙も、実家で着ていた時の襤褸と比べれば比べられないほど華やかではある。けれど、その春麗の襦裙と比べること自体が烏滸がましいほど珠蘭のそれは、華やかで煌びやかだった。暗がりでもわかる、金色の刺繍は珠蘭の名のごとく蘭の花があしらわれていた。

「新しく後宮に妃が入ったと聞いてな。だが、待てど暮らせど挨拶にも来ない。仕方がないから妾から会いに参ったのじゃ」

珠蘭の言葉に春麗は頭から血の気が引く思いだった。怒っているような口調ではなかったけれど、非礼を咎める言葉にもう一度今度は先程よりも深く叩頭した。

「あ、あのご挨拶が遅れてしまい、申し訳ございません」

「ん？」

「私、あの、楊春麗と申します。父は——」

「ああ、よい。それから先刻も申したが顔を上げよ」

反射的に「ですが」と口走りそうになるが、皇太后である珠蘭の言葉を否定することなど春麗には許されるはずもなく。先程と同じように顔を上げると、珠蘭は切れ長の目を細め、真っ赤な紅を引いた口の端を歪めるように上げた。

「どうせ青藍がここにいるようにと命じたのであろう。皇帝陛下には逆らえぬよなぁ」

「え、えっと」

はい、と言ってしまえば青藍に対して非礼にならないだろうか。

かといって、同意しなければしないで珠蘭の言葉を否定したと思われても困る。

結局、春麗は肯定することも否定することもなく曖昧に微笑むことしかできなかった。しかし珠蘭は気を悪くした様子もなく、後ろに控えていた皇太后付きの宦官を呼んだ。

「今日ここに来たのは、これを渡すためじゃ」

「これ、は……？」

宦官が差し出したのは、金色の茶器だった。いわゆる煮茶器と呼ばれるもので、風炉、火夾、茶匙、則の四つの茶器からなる。白露と花琳のために揃えられたものが屋敷にもあったが、こんなにも凝った作りではなく、もちろん金でできてもいなかった。

「このようなもの、私が頂くわけには……」

「いい、いい。一人このようなところに閉じ込められて退屈であろう。茶葉も用意してある。侍女にでも淹れさせればいい」

「で、では是非今から――」

「無理をするでない」

「え？」

珠蘭は優しく微笑む。その笑みに春麗は白露の姿を思い出した。花琳に微笑む、白露の姿を。春麗に対しては残酷なほど冷たかった白露だったが、実の娘である花琳のことは大切に可愛がっていた。その花琳に向ける笑顔と、珠蘭が春麗に向ける笑顔が何故か重なって見えた。

「妾がいてはゆっくり茶も飲めぬであろう。妾のことは気にせず、ゆったりとした時間を過ごすがいい」

宦官たちに茶器を槐殿の中へ運ぶように指示すると、珠蘭はやってきた時と同じように輿に乗り、槐殿を立ち去った。残された春麗は、珠蘭が乗った輿が見えなくなってもその場から動けずにいた。

「春麗様、そろそろお部屋に戻られてはいかがでしょう」

佳蓉が声を掛けて来た時には、すでに茶器は槐殿へと運び込まれ、宦官たちも槐殿をあとにしていた。

「そう、ね」

「身体がお冷えになったでしょう。さっそく皇太后様から頂いた茶器でお茶をお淹れしましょうか？」

佳蓉の提案に頷こうとして、春麗は思いとどまった。

「ううん、いつもの茶器で淹れてくれる？」

「お使いにならないのですか？」

「あれは私にはふさわしくないわ。それに綺麗すぎて使うのが勿体無い。できれば部屋に飾っておいてくれる？」

佳蓉は「承知致しました」と返事をすると金色の茶器を棚へと置き、槐殿にやってきた時に用意されていた銀の茶器で茶を淹れ始めた。


後宮での慣れない日々を送っていたある日、春麗はいつものように庭園に出て蝋梅を見上げていた。少し離れたところからの眺めも見事だけれど、実際に触れてみたい。そんな好奇心が春麗の心に生まれた。辺りを見回したが佳蓉以外には誰の姿もない。その佳蓉も、何かに気を取られ春麗から視線を外していた。

一度だけ、一度だけでいいから。そんな想いが春麗を突き動かす。一歩、また一歩と踏み出すと、春麗は蝋梅にそっと手を伸ばした。

「あっ」

目の前の蝋梅に気を取られていたからだろうか。足下への注意が疎かになっていたようで、気付くと春麗は体勢を崩していた。

転ぶ、と思った時にはすでに遅く、春麗の身体はそのまま地面へと倒れ込んだ。

「春麗様！」

真っ青になった佳蓉が慌てて駆けつけ春麗を起こす。大丈夫だと伝えようとした春麗の掌(てのひら)には血が滲(にじ)んでいた。

「お、お怪我(けが)を……！」

「これくらい平気よ」

「そんなわけありません！　誰か！　誰か春麗様が！」

佳蓉の声に慌てて人が集まる。その様子を春麗はどうすることもできず、ただ見ているしかなかった。

春麗の怪我は掌を軽く擦(す)り剥(む)いただけだったが、薬師や医者が集まり、薬を塗りそして包帯が大げさなほど巻かれた。

こんなにしなくても、と思う春麗とは裏腹にそれらは行われていく。

「傷が治るまでは手を使うことはお控えください」

「わかりました」

医者の言葉に春麗は素直に頷いた。不便はあるけれど仕方がない。何よりも自分の不注意で佳蓉が身体を震わせ、真っ青な顔をしていることのほうが春麗は気になっていた。

「佳蓉のせいじゃないのだから、そんな顔しないで」

「いえ、私のせいでございます。私がついていながら春麗様にお怪我を……っ」

「私が足下を見ていなかったのが悪いのだから、本当に気にしないで」

まだ食い下がろうとする佳蓉に「この話はこれでおしまい」と話を終えた。そんな春麗の耳に、騒がしい声が外から聞こえてきた。

佳蓉もその声に気付いたようで「少し様子を見て参ります」と部屋の外へと向かった。そして――。

「しゅ、春麗様！」

「佳蓉？」

「いっ今、槐殿の外に！」

「佳蓉、どうしたの？　落ち着いて」

「ですからっ！」

佳蓉が言い終わらないうちに扉が再び開き、そして一人の男性が部屋に入ってきた。大きな音につられ春麗は真正面からその人を見てしまう。

黄袍（おうほう）を身に纏ったその人は黒い髪を背に垂らし、形のいい眉を歪めながら春麗を見下ろしていた。整った顔立ちの中でも一際目立つのは、翡翠（ひすい）色の瞳だ。

この人は、まさか。

春麗の思考が追いつくよりも早く、誰かの叫ぶ声が聞こえた。

「主上(しゅじょう)！」

その人の後ろから侍従だろうか、男性が慌てて追いかけてくる。主上、という言葉に春麗は慌てて頭を下げ、右手で左の拳を包み拱手した。

「頭を上げよ」

「……はい」

恐る恐る顔を上げると、青藍は春麗を真っ直ぐに見つめていた。なるべく姿を見ないように、失礼にならない程度に目を伏せる。

突然どうしたというのだろうか。今の状況が理解できない春麗に青藍は口を開いた。

「怪我をしたと聞いたが」

「え、あ、その」

「大事はないのか」

「は、はい。その石に躓(つまず)いて……」

「石？」

少し考え込んだあと、青藍はそばに控えていた男性に声を掛けた。

「浩然(こうねん)」

「はっ」

名前を呼ばれただけで全てを理解したのか、浩然と呼ばれた侍従は部屋を出てどこかへと向かった。

「あの……」

「後宮の庭の石は全て片付けさせておく」

「え？」

「大事がないのであれば問題ない。では」

そう言ったかと思うと、青藍は春麗の部屋を出て行った。残された春麗は佳蓉の方を向いた。佳蓉はそんな春麗に小さく微笑む。

「心配しておいでだったのだと思います」

「心配……？　陛下が、私を……？」

今までお目通りもなく、後宮の奥深くに押し込んでいた春麗を青藍が心配する、なんていうことがあるのだろうかと春麗は疑問に思ったけれど、嬉しそうに笑う佳蓉に春麗はそういうことにしておいた。先程まで自分のせいで春麗が怪我をしたと真っ青になっていた佳蓉が、今は青藍が訪れたことで、こんなにも嬉しそうな顔をしているのだから。

「またいらしてくださるといいですね」

「そう、ね」

佳蓉にはそう返事をしたけれど、こんなことはもうないだろうと春麗は感じていた。春麗を見下ろす青藍の目は冷たく、一切の興味も関心も感じられなかったから。

今回の訪れもきっと気まぐれだろう。春麗はそう思っていた。

しかし、その気まぐれが今後も続くことをこの時春麗はまだ知らなかった。


その日を堺に、春麗が怪我をする度に青藍は槐殿を訪れるようになった。怪我だけでなく、咳をしただけで風邪を引いたのではと薬師を連れてくるほどだった。

「本当に病なのか」

薬師が煎じた薬を白湯で飲む春麗の傍ら、青藍は叩頭した医者に鋭い視線を向けていた。震え上がっている医者が気の毒で、思わず止めに入ろうとする春麗を佳蓉が首を振って止めた。

「本当でございます。風邪の引き始めかと思いますので、暖かくなされていらっしゃれば数日で治るかと」

「——では、ないのか」

「そのようなことは決して……！」

はっきりとは聞き取れなかったが、青藍は一切信用していないどころか医者の返事を訝しむように眉をひそめた。

「万が一があればわかっているだろうな」と脅(おど)す姿に、春麗はそれまでちびちびと飲んでいた白湯を慌てて飲み干す。そもそも風邪など引いていないのだ。治る治らない以前の問題だ。

「もう、治りました、ので」

聞こえるか聞こえないかぐらいの細い声で春麗は言ったけれど、すぐそばにいた佳蓉にすら聞こえていないようで、無言のまま春麗の置いた茶碗を片付け始めた。

春麗の声が誰にも届かないのはいつものことだ。春麗だってそれはわかっている。無視されることも気付かれないことにも慣れていた。

だから、春麗の言葉の後に青藍が眉をひそめたことに、驚きを隠せなかった。まさか、そんな。いや、偶然に決まっている。春麗の声になど、誰も気付くわけが――。

「ふん、信用ならん。人間など皆同じだ。結局、お前も死ぬ」

青藍が春麗を一瞥(いちべつ)し、吐き捨てるように言ったのを見て、春麗は思わず口を押さえた。それと同時に春麗には青藍の言葉が意外に思えた。

冷たく攻撃的なようでいて、半面その声が何かに怯(おび)えているようにも聞こえたから。自信に満ちていて完璧に見える青藍が、何かに怯えるなんてことがあるはずがない。

そう思いながらも、苛立ちを隠そうともしない青藍の姿に、春麗は思わず口を開いた。

「私は、死にません」

青藍の言葉に反論するなどということが、妃嬪であろうとも決して許されないことぐらい春麗にもわかっている。それでも伝えることで少しでも青藍の心が楽になるのであれば伝えたかった。少なくとも今朝の時点で、春麗の額に死の文字は見えていないのだから。

言い返した春麗に、青藍は不快感を示すように眉をひそめた。青藍だけではない。どうやら今度の声は後ろに控えていた浩然にも聞こえたようで、険しい表情を浮かべながら春麗を睨みつけている。命令があれば今すぐにでも手討ちにする、とその表情が語っていた。

春麗は自分の分不相応な行動に冷や汗が止まらなかった。このまま殺されるのではないかと思うと、口の中が乾いてひりついた。死の文字は見えていなかったから、死ぬことはないだろう。だが、それが逆に怖かった。いっそ死ねれば恐怖も痛みも忘れられるが、死ねずに生かされているのであれば、その痛みに耐えなければならない。

青藍が僅かに動いたのがわかり、春麗は肩を小さく震わせた。殴られる。そう覚悟して固く目を閉じるが、恐れていた衝撃はいつまで経っても襲ってこなかった。

恐る恐る目を開けると、春麗を凝視する青藍の姿があった。目を合わせないように視線を逸らしながらも、前髪の隙間から翡翠色の目を垣間見る。その目は、不思議なものを見るかのように春麗を見つめていた。

けれど、春麗が見ていることに気付くと青藍は目を逸らし「なら、いい」とだけ言い残して青藍は春麗の部屋を去った。

翌日も、翌々日も青藍は春麗の部屋を訪れ、そして安否を確認する。些細な怪我を大げさに治療させ、軽い風邪をまるで重病のように医者に診させた。

「どうしてこんなにもよくしてくださるのですか？」

一度、あまりにも度々訪れる青藍に春麗がそう尋ねたことがある。しかし青藍はその問いに答えてはくれなかった。

そのうち日に一度、青藍が春麗の様子を見るために部屋を訪れるのが日常となった。

「主上」

「どうした？」

皇帝陛下、ではなく主上と呼ぶことに春麗が慣れた頃には、庭園に咲いていた蝋梅は散り、代わりに梅桃が見頃となっていた。

ちなみに春麗の元を初めて青藍が訪れた翌日、言葉通り庭園にあった小石は全て撤去されていた。だからといって土が剥き出しなわけではなくきちんと整備されており、これを一晩で手がけたであろう下官や女官に申し訳なく思った。

そして今日、庭園の梅桃に手を伸ばそうとした春麗の手首に枝が当たり、薄らと切り傷ができてしまった。

切り傷といってもよく見なければ傷があることすらわからないほどだ。にもかかわらず、青藍は本気で心配している。

「いっそ庭園の木を全て切り落としてしまおうか」

眉をひそめる青藍の言葉が軽口ではないことを知っている春麗は、切らないようにと必死で懇願した。

佳蓉が退室し、部屋には長椅子に隣り合って座る青藍と春麗、扉のそばで控える浩然の三人だけになった。青藍は治療の終わった春麗の手を、心配そうに見つめていた。

「主上は優しいお方ですね」

「……何を唐突に」

「私のような者をこのように心配してくださるのです。お優しい方です」

「……優しくなどはない」

青藍は春麗から視線を逸らすと、方卓に置いてある佳蓉に淹れさせた茶碗を手に取った。それに口をつけようとしたものの、何かを考え込むかのような表情を浮かべ、そのまま方卓へと戻した。

「主上？」

「……俺を優しいなどと言う者はいない。お前も俺のことを知れば、そのようなことを言えなくなる」

「ええ、私は主上のことを何も存じ上げません」

「噂ぐらいは聞いたことがあろう」

「噂は、噂です」

言い切る春麗へ物珍しそうな視線を青藍は向けた。いつもはどちらかというとおどおどしていて自分の意見をハッキリ言わない春麗が、こんなふうに言い切る姿を見たことがなかったからだろう。春麗は向けられた視線を、真っ直ぐ受け止めた。

「噂が全て真実だとは限りません」

「噂が出るには何か理由があるとは考えないのか」

「理由を知らない私にとっては目の前にあること以外、真実ではありません」

「では、お前の目に俺はどう映る」

前髪で隠れる春麗の目を、真っ直ぐ射貫くように見つめると青藍は言う。春麗は少し考え込むと、おずおずと口を開いた。

「私には心配性で優しくて、そして何かに怯えているように見えます」

「なっ」

「――よい」

春麗の言葉を聞き、そばに控えていた浩然が立ち上がった。不敬であると思ったのであろうが、青藍はそれを制した。

「怯えている、か」

青藍はそう呟くと声を上げて笑った。その様子に春麗をはじめ、周りの人間は驚きを隠せなかった。ひとしきり笑うと、青藍は先程置いた茶碗を手に取り、その中身を飲み干した。

「噂は全て本当だ」

「主上！　それは……」

「浩然、黙れ」

「……はっ」

何か言いたそうな浩然を再び黙らせると、青藍は春麗に顔を近づけた。まるでわざと怖がらせるかのように。

「母は俺が皇太子となる直前に死んだ。側近も、妃嬪たちも、そして皇帝だった父上も、だ。この後宮だけで何人死んだと思う？　両の手では足りぬほどだ。全て俺が死に魅入られているせいだ。死の呪いが俺にはかけられている。それでもお前は俺のせいではないと言うのか？」

「ええ。その証拠に、私は死んではおりません」

「明日死ぬかもしれん。いや、今日このあとかもしれんぞ。俺がお前のそばにいる時間が長くなればきっとお前も」

「いえ、私は死にません」

「以前もそう言っていたな。お前は何故そう言い切れるのだ」

あまりにもきっぱりと言い切る春麗に、青藍は眉をひそめた。

春麗は一瞬の迷いのあと、前髪を上げた。そこにある金色の目に、息を呑む音が聞こえた。だがそれは青藍のものではなく、後ろに控えていた浩然のものだった。

青藍は眉一つ動かすことなく春麗の目を射るように見つめた後、興味深げに呟いた。

「ほう？　お前は藍旺国の血を引いているのか」

「……はい。母方の祖先が」

「そうか」

「主上は、この目が気味悪くはないのですか？」

「何故だ。異国の血が混じっているものなどどこにでもいよう。お前の場合、それが今は滅びた国であるというだけだ。それよりその目がどうしたというのだ。異国の血が混じっているから死なないとでも？」

本当のことを話したとして、信じてもらえるのだろうか。そんな躊躇いを覚えたことに春麗は戸惑った。

信じてもらいたいと、思っているのだろうか。目の前のこの人に。自分の言うことを。何故……？　どうして、そのようなことを。春麗は自分の想いを不思議に思った。

その疑問に答えが出るより早く、青藍はもう一度春麗の名を呼んだ。その声に、春麗は覚悟を決めた。

信じてもらえようがもらえまいが、関係ない。本当のことを話すだけだ。そう思うのに……。どうしてだろう。目の前のこの人に信じて欲しい、そう思ってしまうのは。

春麗は自分自身の手をぎゅっと握りしめ、口を開くと青藍にだけ聞こえるように声を潜めて言った。

「この目は……死を映します」

「死を?」

「はい。そのせいで、私は忌み嫌われてきました。呪われた目を持つ子だと。この目に映された人は……死ぬ、と」

「……だからここに送られたのか」

春麗の言葉で、青藍は全てを悟ったようだった。

青藍は後ろに控えていた浩然に視線を向ける。浩然はそれだけで命令を把握したのか、頭を下げると扉の向こうに姿を消した。

春麗は後宮に送られることが決まった時から考えていたことがあった。もしかすると俊明は青藍を殺そうとしていたのではないか。

考えたくはないけれど、俊明は春麗の目を人を死に至らしめるものだと思っていた。

ならばそれを利用しない手はないと、考えたのではないだろうか。

その相手が、たとえ青藍であろうとも――。

そしておそらく、青藍も同じことを考えたのだろう。俯く春麗に青藍は少し考え込むと、口を開いた。

「死を映すというのはどういうことだ」

「そのままの意味です。私の目にはその人の死が見えるのです。家の者は私の目に映ると死ぬと思っていたようですが、事実ではありません。ただ死ぬ者の顔にそれが浮かんで見えるだけなのです」

見たくもないのに、ずっと人の死が見えてきた。他人の死と向き合いながら生きてきたと言っても過言ではない。そんなこと、これっぽっちも望んでいないというのに。

「では、この部屋に死にそうな者は」

「おりません。主上にもそして私自身にも死の文字は見えておりません。もちろん、佳蓉にも」

「そうか」

「ただ……」

言うべきか、一瞬迷った。そんな春麗の迷いを読み取ったように青藍は人払いをする。部屋には春麗と青藍の二人だけが残った。

「この部屋にいない者に死の文字が見えたのか」

「……ええ」

春麗は先程部屋を出て行った浩然のことを思い出していた。昨日まではなかった死の文字。それが青藍の命令を受け、部屋を出ようとした瞬間、突如として浮かび上がった。まだ文字の色は薄かったが、あれは。

「毒死となるのだと、思います」

「呪いではなく、か？」

「呪いでしたらそう書かれているはずです。ですがあの方の顔には灰色の文字で『毒死』と書かれておりました。ですが呪殺とは書かれておりませんでしたので」

「事故もしくは何者かが毒を盛る、か」

青藍は春麗の言葉に、形のいい眉をひそめると、眉間の皺を指先で押さえた。

「そうか……。わかった。こちらで対処しよう」

青藍の言葉に、春麗は思わず目を丸くした。

「……信じてくださるのですか？」

「何を、だ」

「この目に見えるもののことです」

人の死を映すなど、荒唐無稽なことを言っている自覚はある。

さらにその死の方法が浮かび上がって見えるなど、嘘をつくならもっとマシな嘘をつけと言われても不思議ではないが、青藍はすんなりと信じた上、対処をするとまで言ってくれた。一体どうして。

春麗の疑問に、青藍はふっと微笑んだ。

「俺はこれでも人を見る目はあるつもりだ。お前は嘘をついているように見えない。それにもし、ついていたとしても」

「……いたと、しても？」

「騙された俺が阿呆なだけだ。浩然が死なないのであればそれでいい」

その言葉に春麗はもしかしてと思う。青藍が怯えているように見えたのは、自分のせいで人が死んだと、そう思っているからなのではないか。だから春麗に対してもほんの少しの怪我や咳一つでも、心配して駆けつけてくれていたのではないか、と。

春麗が見た限りでは、青藍の周りに呪いで死にそうになっている人はいない。浩然に毒死との文字が浮かび上がってはいるが、少なくとも呪殺ではない。もしも呪いが本当にあるのだとしたら……。

今一番可能性があるのは唯一、後宮で妃嬪として残っている春麗、そして春麗に仕える佳蓉だけだ。

「また来る」

部屋を出ようとする青藍の背中に、春麗は声を掛けた。

「主上！」

「……なんだ」

「主上は呪われてなどいません」

「…………」

「その証拠に私は死にません。お約束致します」

春麗の言葉に返事をすることなく、青藍は部屋をあとにした。

青藍はきっと、とても優しい人なのだ。だからこそ、自分のせいで誰かが死ぬかもしれないということに心を痛めていたのかもしれない。自分のせいだと、自分自身を責めて、そして周りから人を遠ざけた。これ以上死者を出さないために。

「呪い……」

春麗は一度だけ呪いで死んだ人間を見たことがある。あれはまだ母である鈴玉が生きていた頃だ。

呪殺と顔に書かれたその人は屋敷に出入りする呪術師だった。

そのような死の文字を見たことがなかった春麗は、何が起きるのか怖くて仕方がなかった。数日ののち、呪術師が呪いを受けて死んだと聞いた時は、あれはそういうことなのかとわかり、臥牀の中で泣いたことを今でも覚えている。

しかし少なくとも浩然は呪殺ではない。青藍の手はずが上手くいき、浩然の命が助かれば青藍の自分を責める気持ちも少しは和らぐかもしれない。

死なないで欲しい、青藍のために。

死にそうになっている浩然のためではなく、青藍のために祈るのかと自分でも呆れてしまう。それでも春麗は願わずにはいられなかった。心優しき青藍が、これ以上胸を痛めることがないように。


それからの数日は特に変わりのない日々を過ごした。理由をつけて青藍は春麗のことを気にかけてくれた。だが五日が経った頃、険しい顔をした青藍が部屋を訪れた。その後ろに浩然の姿はない。まさか。

「浩然に毒が盛られた」

「なっ……。そ、それで浩然様は……！」

「今は休ませている。発見が早かったため命に別状はないそうだ。お前のおかげだな」

「私の……ですか？」

「そうだ。お前のその目のおかげで浩然は助かった。礼を言うぞ」

「い、いいえ。ですが助かったのであればよかったです」

春麗は安堵の息を漏らした。浩然が助かってよかった。

しかし、この呪われた目が人の死を予言するだけではなく、助けることもできるのだと言う青藍の言葉に戸惑う。

『お前のせいで』と言われたことは幾度となくあったが『お前のおかげで』と言われたのは、春麗にとって生まれて初めてのことだった。

「春麗」

「は、はい」

青藍は春麗の名を呼びその目を真っ直ぐに見つめる。そして頬にそっと手を伸ばしてきたが、その手が頬に触れることはなく、何かを恐れるように手を下ろした。

「今もお前には死の文字は見えてはいないか」

「はい。主上に死の文字は見えておりません」

春麗の言葉に青藍は眉をひそめ、そして首を振った。

「俺ではない」

「え？」

「お前自身に死の文字は見えていないかと聞いているのだ」

「え、あ、はい。私にも見えてはおりませんが」

質問の意図がわからず、春麗は首を傾げた。青藍は春麗の言葉を聞き、安堵したように息を吐くと躊躇いがちに口を開いた。

「……では、触れてもよいか」

「え？　え、ええ？」

戸惑いながらも頷く春麗の手に、青藍は自分の掌を重ねた。冷たい春麗の掌とは対象的に、青藍の掌はまるで春の日だまりのように温かい。そのぬくもりは掌を通じて、春麗の心をも温めてくれるかのようだった。

「……温かいな」

「そうで、しょうか。主上の掌の方が温かいかと思いますが」

「いや、温かい。生きている人間のぬくもりを感じる」

まるで生きていない人間の冷たさを知っているかのような言葉に、胸が苦しくなる。この手を握りしめたいと思うことは烏滸がましいだろうか。不敬となるだろうか。

自分の掌に重ねられた青藍の手に春麗は視線を落とし、愕然とした。そこにあったのは青藍の掌に包まれた、ひび割れ、あかぎれで荒れた見窄らしい春麗の手だった。

みっともなくて、恥ずかしくて、慌てて手を引っ込めようとしたが、しっかりと青藍の手で握りしめられ、春麗は逃げられなかった。それどころか青藍は逃がすまいと指先を春麗の指へと絡める。

「しゅ、主上」

「なんだ」

「い、いえ。その……」

真っ直ぐに春麗を見つめるその視線から逃げることはできず、それでも何か言わなくてはと必死に考えたが、心臓の音がうるさくて頭の中がまとまらない。指先から伝わる熱は春麗の手をどんどん温めていく。これは春麗の熱なのかそれとも――。

「主上の手も、その、温かい、です……」

「……そうか」

「はい」

一瞬、面食らったような表情を青藍は浮かべ、それでもどこか嬉しそうに微笑んだ。

その笑みに春麗は目を奪われる。

掌から伝わってくるぬくもりは温かくて心地いい。それは春麗にとって物心ついて初めて触れる人のぬくもりだった。そしてまた、青藍にとっても――。

第二章　呪われた少女と友人

相変わらず春麗は庭園で花を愛でるか、もしくは部屋の中で一日を過ごしていた。

ただ一つ変わったことがある。

「綺麗だな」

「ええ」

梅桃を見る春麗の隣には青藍の姿があった。以前は一日に一度、春麗の様子を見に来るだけだったのが、今では時間ができると春麗の元を訪れる。二人で花を見たり、庭園を散歩したり、部屋の中で二人和やかな時間を過ごしたりと、二人で過ごす時間が増えていた。

この日も庭園で花を愛でたあと、槐殿へと戻り二人でゆっくりとした時間を過ごしていた。

「春麗、これを知っているか」

隣に座る青藍が差し出す菓子は、どれも春麗が食べたことのないものばかりだった。

「存じません」

「そうか。ならば口を開けよ」

素直に口を開けた春麗の口内に甘味が広がる。初めて味わう菓子の甘さに春麗は動きを止めた。

「どうだ?」

「ふ……あ……」

「美味いか？」

美味しいという言葉さえ出ず、首を必死に縦に振る春麗に青藍は微笑むと一つもう一つと口に入れてきた。飲み込みきれず頬(ほお)を膨れさせて頬張(ほおば)る春麗に、青藍は噴き出した。

「ふっ……くっ……くくっ」

「しゅ、しゅじょ……」

「すまん……くっ……ふは……」

「酷いです」

春麗はお返しとばかりに青藍の手にあった菓子を取ると、そのまま青藍の顔の前に持って行った。

「ん？」

「口、開けてください」

「ほお？　食べさせてくれるのか？　ほら」

「なっ」

口を開けて待たれてしまうと春麗は自分のしようとしたことの恥ずかしさに耐えきれず腕を上げたまま固まってしまった。

そんな春麗の態度に青藍は再び笑うと、上げたままになっていた腕をそっと掴んだ。

「え？」

「食べさせてくれるのだろう？」

「まっ……」

春麗の手首を持ったままその手を自身の口に運び、そして菓子を口に入れた。ご丁寧に春麗の指先についたものまで舐め取り、青藍は口角を上げて笑った。

「甘いな」

「な、な、何をするのですか！」

「食べさせてくれるのではなかったのか？」

「そ、それはそうですが！　でも、それは……！」

「春麗が食べさせてくれると美味いな。これからも頼もうか」

「やめてください！」

喉を鳴らし笑う青藍に、春麗はからかわれたことに気付く。頬を膨らませる春麗に青藍はもう一度笑った。その笑顔に目を奪われる。そして気付けば春麗自身も笑っていた。

こんなふうに誰かと笑い合える日が来るなんて思ってもいなかった。

もしかしたら幸せとはこういう時間のことをいうのかもしれない。

だとしたら、ずっとこんな時間が続けばいいのに。そう願わずにはいられない。

「春麗」

もう一粒、菓子を口に放り込まれ嬉しそうに頬張る春麗を、青藍は優しい瞳で見つめる。

「他に何か、お前が好むものがあれば教えてくれ」

「好きな、もの、ですか？」

そうは言われても、特にそういったものは思い浮かばない。

「えっと……」

「何もないのか？　ああ、浩然。お前の妹は春麗と同じ年頃だったな」

すぐそばで控えていた浩然は、突然声を掛けられたからなのか肩を震わせていた。

どうしたのか、と不思議に思ったのは春麗だけではなかったようで、浩然の態度に青藍は眉をひそめた。

毒を盛られた浩然は、翌々日には今まで通り青藍のそばに付き従っていた。春麗に「ありがとうございました」と深々と頭を下げた時はまだ顔色が悪く感じたが、今はすっかり元気になった。……はずだが、目の前にいる浩然は、何故だかあの日よりもさらに青い顔に見えた。

「どうかしたのか」

「い、いえ。ええ、そうですね。妹は十四ですので、春麗様より四歳ほど年下ではありますが」

「そうなのですね。では、私の妹と同じ年です」

「そうか」

春麗の言葉に、青藍はどこか曇ったような表情を浮かべている。何か変なことを言ってしまっただろうか。不安になったが、すぐに青藍が浩然に声を掛けたので、春麗が口を開くことはなかった。

「浩然、お前の妹の好きな食べ物は」

「棗でしょうか。あとは胡餅ですとか」

「棗か。春麗、棗は好きか？」

「え、えっと食べたことない、です」

今度は青藍ばかりか浩然までもが眉をひそめた。

「楊家であれば棗ぐらい」

「えっと、屋敷にはございました。義母や義妹は好んで食べていたかと思います」

浩然の言葉に、春麗は慌てて付け加えた。このままでは楊家が貴族であるにもかかわらず、棗すら買うことができないほどの貧乏であると思われかねないと考えたからだ。しかし、春麗の言葉に青藍は顔をしかめ、浩然に至ってはため息を吐いた。

「浩然、明日。いや、今日このあと槐殿に棗を届けるように手配をしておけ」

「あ、あの」

「承知致しました」

「で、ですが」

今でさえよくしてもらっているのに、これ以上何かを求めるのは、と慌てて断ろうとした。そんな春麗に浩然は視線で戒める。その目は「主上の言葉を否定するつもりですか」と言いたげで、春麗は何も言えなくなってしまう。

「浩然、春麗を睨むな」

「睨んでなどおりません」

「そうか？　春麗は怯えているようだぞ」

「それは失礼致しました」

形だけ謝罪をすると、少し考えたような表情を浮かべ、それから浩然は口を開いた。

「私の妹が今まで食べた中で一番美味しいと言っておりました棗を、槐殿に届けるよう手配させて頂きます」

「ありがとう、ございます」

浩然の声色があまりにも優しくて一瞬驚いたが、すぐに気付いた。優しさは春麗に向けられたものではなく――。

「浩然様は、妹さんのことをとても可愛いがっていらっしゃるのですね」

「え……」

戸惑ったような浩然に、青藍は長い足を組み替えながら喉を鳴らして笑う。

「浩然の妹への溺愛ぶりにはきっと春麗も驚くぞ」

「主上！　ち、違いますからね？　誤解のないよう」

「誤解なものか。何年か前に妹が怪我をしたとかで、仕事も放り出して慌てて帰ったこともあっただろう」

「あ、あれは――」

浩然は必死に何かを言い訳し、それに対し青藍が揶揄うように笑う。春麗の前で見せる顔とは違う二人の表情に、驚くと同時に微笑ましくなる。

浩然は幼い頃から青藍の侍従をしていたと以前に聞いたことがある。だからだろうか。まるで親しい友人のように話をする二人の姿を見ていると、見たことのないはずの幼い二人の姿を思い浮かべてしまう。きっと可愛かっただろうな、と頬が緩む。

そんな春麗の視線に気付いたのか、浩然は眉をひそめた。

「何ですか、その顔は」

「い、いえ。えっと」

まさか二人の幼い頃を思い浮かべてました、なんて口が裂けても言えるわけがない。

「そ、その。妹さんのこと大好きなんだなって思いまして」

咄嗟に誤魔化したにしては上手くいったらしい。浩然は「そうですね」と頷きながら笑った。

「……大切な妹ですから」

そう答える浩然は、今まで見たことのない優しい表情を浮かべていた。


青藍たちが後宮を出て間もなく、槐殿には籠いっぱいの棗が届けられた。小卓に置かれたそれを一つ摘み頬張ると、甘さが口いっぱいに広がった。先程青藍から貰った菓子とはまた違った甘さだった。

こんなにも幸せでいいのだろうか、と春麗は心配になる。あまりにも幸せすぎて、今に何か恐ろしいことが起こるのではないか。そんな不安が春麗の胸に湧き上がる。

そして嫌な予感ほど、的中してしまうのだ。

数日後、珍しく慌てた様子で佳蓉が部屋へと入ってきた。

「どうかしたの？」

「はい。黄昭儀様が後宮にお戻りになるとのことです」

「黄昭儀様……？」

「はい。昭儀の位にあらせられる黄桃燕様です」

聞き覚えのない名前に首を傾げる。昭儀とは正二品、九嬪と呼ばれる位階の中で一番上の位だ。正一品である四夫人が不在の今、戻ってくるのであれば後宮で一番高い位の妃嬪となる。

普通、貴族の娘であれば名前を聞けばどこの家の誰か、ということがわかるように最低限教育されているが、春麗は普通ではない。「黄桃燕様……」と口の中で繰り返す春麗へと説明するように佳蓉は口を開いた。

「黄家は代々高官を輩出する家系で、黄昭儀様は現在十四歳になられます」

「十四……」

年齢を聞いてふいに花琳を思い出す。十四歳の少女、皆が皆ああだと思っているわけではないけれど、どうしても連想してしまうのを止められない。

だが、勝手に決めつけて知らないところで嫌悪感を覚えるなんて失礼にも程がある。春麗は花琳のことは胸の奥に押し込め、佳蓉に尋ねた。

「でも、どうして？」

死の皇帝と言われる青藍の後宮には、現在妃嬪がほとんどいない。本来であれば後宮には四夫人、九嬪、二十七世婦、八十一御妻と大勢の妃嬪が住まうが、現状では二十七世婦以上の妃嬪は一人もいない。

残っているのは八十一御妻以下の女官同然の者と下女や宦官、そして春麗だけだ。

個別の殿舎を与えられる正二品以上の妃嬪に限れば一人もいなかった。皆、死の皇帝の噂を恐れ逃げだした。

噂は噂でしかないと春麗は知っている。だが、大勢の妃嬪が亡くなったのも事実だ。何らかの理由で亡くなった者もいれば、家族が心配して連れ戻した者もいると、まだ屋敷にいた時花琳が言っていた。

それが何故今になって戻ってくるというのだろうか。不思議に思う春麗に佳蓉は困ったような表情を浮かべ、それからおずおずと口を開いた。

「その、それが。どうやら春麗様が次期皇后として後宮に上がられたという噂を聞かれたようで」

それが気に食わなかったらしい、とは言わなかったけれど表情でなんとなく察しはついた。

家族は反対しなかったのか、それとも反対されてもなお青藍の元に戻りたいと思ったのか、春麗にはわからなかった。

本当であれば後宮に妃嬪がいないという今の状況がおかしいのだ。もしかすると、春麗が後宮にいることで青藍にあった死の皇帝という噂が真実ではないと知れ渡り始めているのかもしれない。

だとしたら、青藍のためにはとてもいいことだと思う。思うのに、何故だろう。

ほんの少し胸の奥が痛む気がするのは。

「春麗様？」

「あ、えっと。そう、ね。戻ってこられたら、挨拶に伺わなければいけないわね」

春麗の言葉に佳蓉は「そうでございますね」と静かに頷いた。できるだけ、その日が遠ければいい。

そんな春麗の願いも空しく、黄桃燕が後宮に戻ってきたのは、それからたった三日後のことだった。

その日、後宮はいつもよりも騒がしかったようだが、後宮の奥も奥、槐殿に住む春麗の元に喧噪は届かなかった。ただ、佳蓉が朝「本日、黄昭儀様がお戻りになられます」と言っていたので、今日戻ってくることだけは理解していた。

挨拶に行かなければと思うが、戻ってきた当日の忙しい中に来られても迷惑だろう。日を改めて落ち着いた頃に行くことにしよう。そう考えた春麗は、いつも通り庭園で花を愛でていた。

庭園では芍薬や百合、夾竹桃といった赤や白の花々を咲かせていた。

いつも隣で花を見ている青藍の姿も、今日はない。寂しく思うが、今日ばかりは青藍も来ないだろう。桃燕が戻ってきたのであれば、春麗のような本来妃嬪となる資格も価値もない者を相手にする必要はない。所詮、春麗は偽りの生贄妃。

今思えば、青藍の優しさは慈悲や憐れみだったのだ。優しい人、だから。

願わくば、桃燕にはそんな青藍の優しさを知って欲しい。死の皇帝という噂ではなく本当の青藍の姿を……。

「……っ」

なんて烏滸がましいことを思ってしまったのだろう。

春麗は、自分の考えに恥ずかしくなった。まるで、自分の方が青藍をわかっているとでも言いたげだ。ただほんの少しの時間、優しくしてもらったからとこんなことを思うなど……。

「身体を冷やすな」

その言葉と同時に、春麗の肩をぬくもりが覆った。驚き振り返ると、そこには青藍の姿と、そして春麗の肩には紫微花によく似た淡い紫色をした、薄手の旗袍がかかっていた。

「どうして、こちらに」

「俺がお前に会いに来るのに理由が必要か？」

「そうではなくて。あの、本日は黄昭儀様がお戻りと聞きましたので、そちらに向かわれるものだと……」

春麗の言葉に「ああ、そのことか」と青藍は苦々しそうに吐き捨てる。

「戻ってこなくてもよかったのだがな。それでも挨拶はもう終わったから問題ない」

「そうなの、ですね」

「なんだ。お前のところではなく黄昭儀の元へと行ったほうがよかったのか？　今からでも行くか？」

「そ、そんなの嫌です！　あっ」

慌てて否定して、それからそんな自分が恥ずかしくなる。これでは桃燕の元へと行ってしまうのではと、不安に思っていると言っているようなものではないか。

「今のは、言葉の綾で……」

「そうなのか？」

背を向けた春麗の耳元で、青藍の声が聞こえた。肩にかけた旗袍ごと抱きしめられた。

「主上……!?」

「どうした？」

「ど、どうしたって……その……」

まるで全身が心臓になってしまったかのように、鼓動の音が響いている。耳にかかる青藍の吐息に思わず身体が震える。こんなにも心臓が高鳴っていたら青藍にも聞こえてしまうのではないか。

そんなことを春麗が思っていると、耳元で青藍の笑い声が聞こえた。

「そんなに緊張してくれるな」

「無理、です」

熱くなった顔を隠すように両手で覆い、春麗は首を振る。恥ずかしくて恥ずかしくて、今すぐにどうにかなってしまいそうだった。青藍は「ふっ」と笑い声を漏らすと、春麗から身体を離した。

離れていくぬくもりを、寂しいと感じてしまう。それと同時に、自分の態度がいかに不敬であったかに気付き慌てて振り向いた。

けれど、春麗の視線の先で青藍は口元に手を当て、おかしそうに笑っていた。

「主上？　あの、どうなさったのですか？」

「ん？　いや、お前があまりにも可愛くてな」

「か、可愛いなんて。そんなことありません」

「そうか？　お前は可愛い。俺にはどの花よりも可憐で可愛く見える」

「そんなこと……ありえません……」

後宮の庭園に咲く花々はどれも本当に綺麗で愛らしい。そんな花々と比べて自分の方が可愛いなどと、春麗にはとても信じられなかった。

「どうやら俺の言葉の真意は伝わらなかったらしい。どうすればいいと思う、浩然」

「もっと直球で伝えられた方が春麗様にはいいのかと思われます」

「あの、なんの話でしょうか？」

二人の会話の真意はわからないが、気安い口調に春麗は自分だけが除け者にされているような寂しさを感じる。なんとなく、そんな二人の態度が面白くなくて、春麗は精一杯の不満を滲ませて肩に掛けられていた旗袍を青藍へと差し出した。

「〜〜っ。これ、お返しします。ありがとうございました」

一瞬驚いたような表情を浮かべ、それから旗袍を受け取ると、青藍はくつくつと笑った。

「そんな拗ねたような顔をするな。お前しか目に入らないということだ。だから心配することはない」

春麗の瞳を真っ直ぐに見つめながら、青藍はそっとその頬に触れる。指先から伝わるぬくもりは布越しだった先程よりも、遮るものがない分はっきりと伝わってくる。

翡翠色の瞳に見つめられると、そのまま吸い込まれていきそうだ。少しずつ、青藍が近づいてくるのがわかったが、春麗はまるで何かの呪いにでもかけられたかのように動けずにいた。

一寸ほどの距離に青藍の顔がある。目を閉じることもできないまま、ただ翡翠色の瞳だけを見つめていた。

その時、耳を劈くような声が庭園に響いた。

「主上！」

その声に、青藍が露骨に眉をひそめたのが見えた。その表情の理由は、青藍の肩越しにあった。

「主上、こちらにいらっしゃったのですね」

「……黄昭儀」

ため息と共に、春麗に触れていた手が離れていく。

振り返った青藍は、桃燕へと向き直った。桃燕が跪くと、青藍は冷たい瞳で桃燕を見下ろした。

「どうした」

「いえ、主上が後宮にいらしているとの話を聞きましたので、お会いしたい一心で探し回っておりました。このような場所でお会いできるとは、嬉しく存じます」

「そうか」

あまりに素っ気ない青藍の態度にもめげず、話し掛け続ける桃燕の姿を思わず見つめてしまう。そんな春麗の視線に気付いたのか桃燕は驚いたように口を開いた。

「まあ、そこのあなた。女官がこのようなところで何をしているのです。さっさと持ち場に戻りなさい」

「え、あ、わ、私」

挨拶に行っていないのだから春麗のことを知らなくても不思議はないが、女官と勘違いされてしまうとは思わなかった。以前の襤褸を着ていた頃ならまだしも、今の春麗は華美とは言いがたいもののそれなりの襦裙を身に纏っていた。

戸惑いは隠せないものの、それでも挨拶をしなければ、と慌てて頭を下げ、口を開こうとしたが、それよりも早く桃燕の声が響く。

「何をしているのです。早くこの場から立ち去りなさいと言っているのです。主上の目前でそのように立ち尽くしているなど、言語道断です」

「あ、あの、私……」

なんとか説明しよう、そう思いたどたどしく話し始めた春麗の言葉は再び遮られた。しかし、今度は桃燕にではなく青藍に、だ。

「黄昭儀。これは余の妃である。余はこれと一緒の時間を過ごしているのだ。邪魔をしているのはどちらか考えろ」

青藍の冷たく鋭い声に、春麗は自分に向けられた訳でもないのに身体が震える。しかし、桃燕は笑みを浮かべると青藍に頭を下げた。

「それは申し訳ございません。どこからどう見てもよくて女官、もしや宮婢なのでは、と不安に思いまして。そちらの方にも失礼な態度を取り、申し訳ございませんでした」

「い、いえ。お気になさらないでください。私の方こそ、紛らわしくてすみません」

慌てて頭を下げ言葉を返す春麗に、桃燕は顔を上げると微笑んだ。

二人の様子に、青藍が何か言おうとした時「主上」と浩然の声が聞こえた。

「……が……で、火急のことと、使いの者が」

内容は聞き取れなかったけれど何かあったようで、いつのまにか浩然の後ろには頭を下げる従者の姿があった。一瞬、気遣うように春麗へと視線を向けた青藍はそっと微笑みながら頷くと、浩然へと向き直った。

「戻るぞ」

「はっ」

「では失礼する」

春麗と桃燕にそう言うと、青藍は後宮をあとにした。挨拶に行く前に会ってしまった桃燕に非礼を詫びなければ、と春麗が何か言うより早く、桃燕が口を開いた。

「先程は主上との時間を邪魔してしまい、申し訳ございませんでした」

「い、いえ。私の方こそご挨拶に行くのが遅くなり、申し訳ございません」

「ふふ。お優しいお言葉、ありがとうございます。私は黄桃燕。昭儀の位を賜っております。お名前をお伺いしてもよろしいですか？」

優しく微笑む桃燕に安心して、春麗も笑みを浮かべた。

「あ、わ、私は楊春麗です。よろしくお願いいたします」

「楊春麗様、ですね。こういう時は位階もお伝え頂けますか？　それとも、私などには位階もお教え頂けないということでしょうか？」

顔を曇らせると、桃燕は悲しげに言う。その態度に、春麗は慌てた。

「ち、違うんです。私、位階を賜っていなくて。なので、ただの春麗、とお呼びくだされば……」

「位階を賜っていない？」

その瞬間、桃燕の声色が変わったことに春麗は気付いた。

「では、あなたは宮女以下、下女もしくは宮婢と同等かそれ以下ということですわね」

「え……？」

宮女といっても実家から連れてきた侍女以外は皆、後宮に住む妃嬪だ。ただ階層が下の者は妃嬪として、というよりは上位の妃嬪の宮女となり、各殿舎で侍女のような役割をしている。

ただし宮女と同じように働く女たちの中に、宮婢と言われるいわゆる罪人の母親や妻妾（さいしょう）、それから未婚の娘といった女性たちがいた。

彼女たちは後宮に入れられるが妃嬪ではなく炊事や裁縫などといった仕事をさせられる。

桃燕は春麗をそのような者たちと同等だと言っているのだ。

「それは……」

違います、と言い切れなかったのは確かに妃嬪としての位階を賜っていないという事実と、生家では私家奴婢(しかぬひ)たちと一緒に生活し従事していたことが頭を過ったからだ。

違う、と本当に言えるのだろうか。

春麗の態度に桃燕は「ほらね」と言わんばかりに笑みを浮かべた。

「主上にどうやって取り入ったのか知らないけれど、あなたのような下賤(げせん)な女が主上の隣に立つなんてことは有り得ないわ。身の程を弁(わきま)えなさい」

吐き捨てるように言うと桃燕は庭園を出て行く。すれ違いざま、桃燕の肩が春麗の肩に当たり、体勢を崩した春麗はその場に尻餅をついた。

「そうやって這(は)いつくばっているのがお似合いよ」

「春麗様！」

佳蓉が駆け寄り春麗に手を貸す。そんな二人の姿を嘲笑いながら桃燕とその侍女は去って行った。

立ち上がると佳蓉が襦裙についた土埃を払ってくれた。以前、小石を全て青藍が撤去させていたため、春麗に怪我などはなかった。しかし、胸の奥に重苦しい何かが残った。

「大丈夫ですか？」

「ええ」

「何と酷いことを。春麗様、主上にお伝えしてお叱り頂きましょう」

憤慨する佳蓉に、春麗は小さく笑った。誰かが自分のために怒ってくれるというのはこんなにもくすぐったい気持ちになるものなのか。

「春麗様？」

「あ、えっと。そう、ね。でもとりあえずもう少し様子を見てみようかなって。揉め事を起こすのもよくないと思うし」

「揉め事を起こしてきているのはあちらですけどね」

春麗がそうと決めたのであればと、佳蓉はそれ以上何かを言うことはなかった。ここは後宮だしそういうこともあるのだと思う。ただ一人の寵愛を奪い合うのが後宮なのだから。

そう思えば、ここ数カ月の春麗は恵まれていたのだろう。他に寵愛を受ける妃嬪もおらず、青藍の優しさを一心に受けていたのだ。

だが、これからは違う。桃燕が戻ってきたということは、少なからずあの優しさは桃燕にも向けられるはずだ。その時も、今のように笑っていられるだろうか。そんな不安が頭を過った。

しかし、その日以降も青藍は春麗の元へと通った。以前と同じ、いや以前よりも頻繁に二日と開けずに春麗の元を訪れる。ある日は甘い菓子を持って、またある日は珍しい玩具が手に入ったと言って。

その日も、珍しい果物が手に入ったと春麗に届けられた。珍しく青藍の姿はなく、浩然が持ってきたので不思議に思い尋ねてみた。

「あの、今日は、主上は……」

「急ぎの引見があり、本日はいらっしゃいません。ですが、春麗様にお渡ししたいと言付かって参りました」

「そうだったのですね。ありがとうございます」

「それから、暫く忙しくなるのでなかなか顔を出せなくなると伝えてくれとのことです。それでは」

春麗に一礼すると、浩然は持ってきた箱を佳蓉に手渡した。それを春麗が受け取ったことを確認すると、浩然は足早に去って行った。中身は何だろう、と思っていると佳蓉は「ほぅっ」とため息を漏らした。

「浩然様に言付けなさるなんて、春麗様のことを本当に思っておいでなのですね」

「そう、なのかしら」

「ええ！」

首を傾げる春麗に佳蓉にしては珍しく鼻息荒く返事をした。

「浩然様は主上の乳兄弟（ちきょうだい）でして、今も右腕でいらっしゃいますが、いずれは亡きお父上のように宰相（さいしょう）となると言われております」

「凄い方、だったのですね」

確かに、本来であれば皇帝陛下以外は宦官しか男性は立ち入ることのできないはずの後宮に、浩然は当たり前のように入ってくる。皇帝である青藍の信頼と命令がなければできないはずだ。

そう考えると浩然が有能であるだけでなく、青藍にとっての特別な人物であるということがわかる。

「乳兄弟、かぁ」

ふと、春麗は花琳のことを思い出した。半分とはいえ血のつながりのある異母妹。もしも同じ父母を持つ姉妹として生まれていたのなら、こんなふうにはならなかったのだろうか。

そんな思っても仕方のないことを考えてしまう。

「佳蓉、少し庭園に行きたいのだけれど、いいかな……？」

「はい。お供致します」

花琳のことを思い出すと、あの屋敷にいた時のように胸の奥が苦しくなってくる。

気分を変えようと佳蓉を伴って外に出ようとした、その時だった。

「きゃっ」

「え？」

「春麗様は来てはなりません！」

槐殿の扉を開けた佳蓉が悲鳴を上げた。後に続こうとした春麗を止めると、後ろ手に扉を閉めた。

「どうしたの？」

真っ青な顔をした佳蓉に尋ねたが、よほど恐ろしいものを見たのか、上手く言葉になっていない。

「佳蓉？」

「あ……申し訳、ございません。その、虫が」

「虫？」

「ええ……。毒のある虫もいるかもしれません。すぐに、見張りの者を連れて参ります。春麗様は絶対に外に出ないでください」

そうは言われても……。震えている佳蓉をこのまま行かせてもいいものかと春麗は躊躇った。虫が怖くない訳ではないが、怯える佳蓉を見ているとまだ自分が向かうほうがいいのではないか、という気持ちになる。

「ねえ、佳蓉。私が行ってこようか？」

春麗の提案に、佳蓉はとんでもないとばかりに首を振った。

「何をおっしゃるのです！　春麗様に行かせるなんてそんなことできません！」

「でも。佳蓉、震えているし……。虫、怖いんじゃないの？」

「それは……」

震えを必死に押し殺そうとする佳蓉の手を、春麗はそっと握りしめた。

「私なら大丈夫だから。でも、そうね。佳蓉が私一人に行かせるのは、と思うのなら、目を閉じててもいいからついてきてくれたら嬉しいのだけれど」

「……承知致しました」

まだ佳蓉の声は震えていた。それでも目を閉じることはなく、春麗の先に立って扉に手をかける。ただ反対の手は、今も春麗の手を握りしめたままだ。

「そ、それでは、開けますね」

「ええ」

一瞬、握りしめた手に力が入ったのがわかった。そっと片側の扉を開けると、隙間から外が見える。薄目を開けた佳蓉が「ひっ」と声を上げたのがわかった。

そこにはどこから連れてきたのか生きたままの芋虫や蛙の死骸などが辺り一面に並べられていた。

こんなところに自然に集まるわけがないので、おそらく誰かが故意にここに運んできたのだろう。一体誰が、と考えた春麗の脳裏（のうり）に桃燕の姿が思い浮かんだ。いや、まさか。しかし、時期的にも合いすぎている。

「春麗様、どう致しましょう」

泣きそうな声で言う佳蓉に、春麗は少し考えてから「箒（ほうき）ってある？」と尋ねた。

「ありますけど、まさか」

「掃くしかないかなって」

外開きであればドアを開けるのと同時に虫を追いやることもできたかもしれないが、内開きの扉ではそれも無理だ。

「そ、そのようなことを春麗様にさせるわけには」

「でも、どちらかがやらないと。死骸も混じっているし、ずっと扉の前に虫にいられるわけにもいかないでしょう」

「それは、そうですが」

「大丈夫。ただ、扉を開けるのは佳蓉に頼んでもいいかな？　私はこっちから虫を掃くから」

一瞬、躊躇する様子が見られたが「わかりました」と、佳蓉は春麗に箒を手渡した。

受け取った箒を手に、反対側の扉の前に立つ。佳蓉は頷くと、勢いよく扉を開けた。

「えいっ」

開け放たれた扉の向こうに見える虫たちを箒で思いっきり掃き飛ばす。箒にくっついたらどうしようなどと思っていたけれど、意外と虫たちはくっつくことなく飛んでいってくれた。

反対側も同じようにすると、扉の前から虫たちは姿を消した。

ただいなくなったのは扉の前だけで、もちろんその向こうには先程の虫たちがいるのだけれど。

今まで生家（せいか）で数々の嫌がらせや叱責（しっせき）を受けてきた春麗だったが、さすがに虫に触れたり片付けたりするのは避けたかった。申し訳ないがここは宦官に頑張ってもらおう。

「これなら見張りの人を呼びに行けるかな」

「はい！　ありがとうございます！　私が呼びに行って参りますので、春麗様は絶対に部屋の中から出ないでください」

佳蓉は春麗を言い含めると、槐殿から出て行った。残された春麗は佳蓉の言いつけ通り、殿舎の中に戻る。

ふう、と小さく息を吐くと、春麗は長椅子に座った。目の前の小卓には受け取ったままになっていた箱があった。そういえば青藍から貰った果物を見ていなかった、と思い蓋を開けると、中には赤い小さな果実がいくつも入っていた。

一粒口に入れると甘酸っぱさが口いっぱいに広がる。これは何という果物なのだろう。

そういえばと、二粒目を口に入れながらふと思った。

扉の向こうの虫は、一体いつ用意されたのだろう。

つい先刻、浩然が来た時は何も言っていなかった。もし虫がいれば春麗に知らせるか、もしくは知らせずに処理してしまうはずだ。それがそのまま置かれていたということは浩然が帰ったのを確認してからわざわざ置いたか、そうでないとするなら。

「浩然様が置いた、とか？」

思わず呟いて、そんなことあるはずがないと小さく笑った。浩然に、そんなことをする理由が見当たらない。やはり理由がある人物と言えば一人しか思い浮かばない。

「やっぱり、黄昭儀様、なのかな」

先日のやりとりを思い出す。春麗に対し露骨に敵意を向けていたが、証拠がない中で疑うことも問いただすこともできなかった。

佳蓉には申し訳ないが、虫程度であればこのまま不問にしてしまおう。そう思いながらもう一粒、赤い小さな果実を口に放り込んだ。

しかし、嫌がらせはこれだけに留まらなかった。度々槐殿の扉の前には虫が置かれ、食事が届かなくなったり、殿舎の入り口前に汚泥（おでい）が撒（ま）かれたりするようになった。

虫も決まった種類だけではなく、百足や毒蛇、毒蜘蛛といった触れたり噛まれたりすれば命の危険もあるような虫が並んでいることもあった。その度に佳蓉は宦官を呼びに行く羽目になった。

それでも、実害がなかったことと、どれもくだらない嫌がらせだったので春麗は放っておいた。これくらいのこと、生家でされてきたことに比べればなんてことはなかったからだ。

ただその態度が、相手の気持ちを刺激したのかもしれない。

その日も、朝から殿舎の前に枯れた草木が置かれ、春麗はなんとも言えない憂鬱な気分を抱えていた。一つ一つは取るに足らない悪戯なのに、こう何日も続くとどうにも嫌な気分になる。

この鬱々とした気分を晴らすためにも、春麗は庭園へと向かった。綺麗に咲く花々を見れば少しは気が紛れるかもしれないと思ったからだ。

庭園では金糸梅や美容柳の花が咲き誇り、見頃を迎えていた。今朝方降った雨の露が、花弁に残っているのが見えた。そっと指先で雫を拭ってやると、雨露は春麗の指を伝い地面に吸い込まれるように落ちていった。黄色い小さな花はまるでどんよりと曇った春麗の心を晴らす太陽のようだった。

無心で花を見つめていると、どこからか声が聞こえた。

「周佳蓉」

その声のする方に視線を向けると、そこには女官の姿があった。何か佳蓉に用があるらしく耳打ちをする。その女官の言葉に佳蓉は一瞬、困ったような表情を浮かべた。

「何かあったの？」

春麗の問いかけに、佳蓉は女官と春麗を見比べながら「それが……」と躊躇いがちに口を開いた。

「すぐそこで酷い怪我をした女官がいるらしく、助けて欲しいとのことでして」

佳蓉は女官から聞いた言葉を春麗に伝えながらも、言葉は尻すぼみになっていく。

「それで何を迷っているの？　困っている人がいるなら助けてあげて」

「ですが、私以外の人間でも問題ないかと。私は、春麗様の侍女。春麗様に付き従うのが仕事です」

確かに佳蓉の言うことはもっともだ。

「でも、気になるのでしょう？」

「それは……」

佳蓉に世話になるようになってから早五か月以上が経つ。佳蓉が春麗のことをわかるようになってきたのと同じように、春麗も佳蓉のことがだんだんとわかるようになってきた。

「ね、佳蓉。私はまだしばらくここで花を見ているから、その間その困っている女官のところに行ってあげてくれないかな」

「ですが……」

「大丈夫、心配しないで」

しばらく悩んだあと「承知致しました」と苦々しく佳蓉は言った。

「様子を確認致しましたらすぐに戻って参りますので、絶対にここから離れないでくださいね」

「わかったわ。大丈夫よ」

春麗が頷いたのを確認すると、後ろ髪を引かれるように振り返りながらも佳蓉は「早く、急いで」と急かされ、女官のあとをついて行った。残された春麗は、佳蓉に言った通り、大人しく花々を見ていた。小さな花々を見ていると、後ろで衣擦れの音がした。振り返るとそこには桃燕の姿があった。

目が合った、はずだ。春麗は礼を取るが、まるで春麗に気付かなかったとでもいうように、桃燕はツンと顔を背けると、春麗のそばを通り過ぎようとした。どうやら庭園を出て行くようだ。道を空けようと端に避けた春麗だったが、不意に桃燕の身体がよろめくのが見えた。桃燕は体勢を崩し、春麗のほうへと倒れ込んでくる。ぶつかる、と思った時にはまるで突き飛ばされたような衝撃が春麗を襲った。

「きゃっ」

気付けば春麗は地面に座り込んでいた。倒れ込んできたと思った桃燕は何食わぬ顔で直立し、春麗を見下ろしていた。

ああ、よかった。そう思う春麗の耳に、桃燕の侍女の声が聞こえた。

「桃燕様、大丈夫でございますか？」

「え、ええ。私は大丈夫よ」

「楊春麗、なんて酷いことをなさるのです！」

「え？」

咎めるような視線を向けてくる桃燕の侍女に、春麗は戸惑った。

ふらついてきた桃燕を受け止めきれなかったことを責められているのだろうか。だとしたら確かに申し訳ないと思うけれど、今のは……。

「あなたがそのようなところにいるから、桃燕様は避けようとなされて体勢を崩されたのです。お怪我でもされていたらどうするつもりです！」

「す、すみません」

染みついた習性というのはなかなか厄介なもので、厳しい口調で言われた春麗は反射的に謝ってしまっていた。その態度に気分をよくしたのか、桃燕はふっと笑った。

「それくらいにしなさい、映雪(えいせつ)」

「その者もおそらく故意ではないのでしょう。ですが、宮婢同然の者がこのような場所に立ち入るのも、それから上級妃に対して礼を尽くさぬ態度もよろしくないわ。わかったわね、楊春麗」

「……申し訳、ございません」

まるでそうするのが当然とばかりに、春麗は頭を下げた。そんな春麗の頭上に、桃燕の侍女たちの嘲笑う声が聞こえた。

「いい気味よ」

「本当に醜いですわ」

「その程度でよく桃燕様に楯突こうなんて思いましたわね」

「溝鼠のようですわ」

悪意の込められた声に、春麗は自分の姿を見た。転んだ場所が悪かったのか、春麗が座り込んだ場所のすぐそばには大きなぬかるみがあった。

今朝方降った雨のせいで地面はぬかるみ、水溜まりができていたようだ。そのせいで春麗の襦裙の裾は泥まみれになっていた。

「自分の立場を弁えなさいと以前も言ったわよね」

「桃燕様。ですが、」

「…………」

「次はこんなものじゃ済まないわよ。身の振り方を考えなさい」

それだけ言い捨てると、桃燕は今度こそ庭園をあとにした。

誰もいなくなった庭園で、春麗はため息を漏らした。これくらいの嫌がらせは、生家にいた頃のそれに比べればなんてことはないが。

春麗は辺りを見回す。幸い、まだ佳蓉が戻ってくる気配はなかった。

おそらく、先程佳蓉を呼びに来た女官も桃燕の息がかかった者だろう。だとしても、自分が離れた隙に春麗が嫌がらせを受けたとなれば佳蓉は汚れた襦裙を見て、自分のせいだと責任を感じてしまうはずだ。それだけは避けたかった。

どうしたものか……。

いい考えは思い浮かばず、かといってこのまま座り込んでいても埒があかない。ぬかるんだ地面に手をつきなんとか立ち上がろうとした。

「大丈夫ですか？」

「え？」

聞き覚えのないその声に顔を上げると、黒い髪を双鬟髻（そうかんみずら）に結った少女が心配そうに春麗を見つめていた。質素な襦裙を身に纏ったその少女は、春麗に手を差し伸べた。

「あの？」

「手を」

「大丈夫ですから」

「え、でも」

一瞬、躊躇ったものの引きそうにない少女の言葉に甘え、手を伸ばそうとしたが、春麗は自分の手が泥で汚れていることに気付いた。起き上がろうとぬかるみに手をついた時に汚してしまったようだ。この手では目の前の少女も汚してしまう。そう思って手を引こうとしたが、それより早く少女は春麗の手を掴んだ。

「えっ」

戸惑う春麗をよそに、少女は春麗の身体を引き上げた。

「わっ、あ、ありがとうございます」

「いえ。……ああっ、襦裙にも汚れが」

「あ、はい。そうなんです」

「よければこちら、私に落とさせてくださいませんか？」

「え？」

少女の言葉に、春麗は戸惑いを隠せなかった。そもそも、この少女は一体誰なのだろう。

「あ、申し遅れました。私、姜水月と申します。宝林の位を賜っております」

「姜宝林様……。私は楊春麗と申します。えっと、位階は賜ってなくて……その」

宝林、ということは八十一御妻のうちの一つ、正六品の品格を賜っている。桃燕の昭儀に比べると低くはあるが、それでも位階なしの春麗よりは遙かに上位だった。そもそも後宮で、位階なしで自由に振る舞っている人間などおそらく春麗以外にはいないはずだ。なんと説明すればいいのかわからず、春麗は口ごもってしまう。

黙り込む春麗に、水月は優しく微笑んだ。

「存じております。春麗様、とお呼びしてもよろしいでしょうか？　私のことも、水月とお呼び頂ければ」

「水月様……」

「はい」

はにかみながら笑う水月に、春麗も笑みがこぼれた。春麗は水月の手引きで水場へと移動した。井戸で水を汲み桶に入れると、水月は春麗の襦裙の汚れを濡らした手巾で落としていく。幸い、汚れたのは襦裙の裾のみだったようで、水月のおかげで大部分の汚れが綺麗に落ちた。

「凄い！　ありがとうございます」

「いえ、これが私の仕事ですから」

はにかむ水月につられて春麗も笑みを浮かべた。

「あの……」

どこからか佳蓉の声が聞こえ、春麗は慌てて立ち上がった。春麗の姿を見つけた佳蓉は、駆け寄ってくる。

「春麗様！ああ、やっと見つけました。今までどこにいらっしゃったのですか」

「ご、ごめんね。その、ちょっと色々あって。それより佳蓉、知り合いの女官は大丈夫だったの？」

あれは春麗から佳蓉を引き離すための狂言ではないかと、春麗は考えていた。それでも、もしかしたら本当に怪我をしている女官がいたのかもしれない。それどころか佳蓉を呼び出すために本当に誰かを怪我させたのかもしれない。そこまでするとは思いたくはないが……。

春麗の言葉に、佳蓉は「申し訳ございません！」と叩頭した。

「怪我をしたという女官の元に駆けつけてみればそこには誰もおらず……。もしかしたら移動したのかもしれないという言葉を信じ、辺りを探してみたのですがどこにもおりませんでした」

「そっか、ならよかった。ね、ほら顔上げて？」

そう言うと春麗は佳蓉の手を取り立ち上がらせた。安心して微笑む春麗に、佳蓉は困惑したような表情を向けた。

「春麗様！」

「どういう……？」

「だって、いなかったってことは佳蓉の顔見知りの女官は、怪我をしていなかったってことでしょ。よかった」

「よいわけがございません！　このような嘘に騙されてもしも春麗様に何かあったら私は……」

そこまで言って、佳蓉は春麗の手首が汚れていることに気付いた。春麗も、佳蓉の視線が自分の手に向けられていることに気付き、慌てて隠すが後の祭りだった。

「春麗様、先程『ちょっと色々あって』とおっしゃっていましたが、それはその手首の汚れと関係がございますか？」

「それ、は」

なんと誤魔化したものか、と春麗は頬を冷や汗が伝うのを感じた。掌の汚れは慌てて洗ったものの、手首にも泥が飛んでいたとは思っていなかった。佳蓉の顔を盗み見るが、どうにも逃げられそうになかった。

「その、庭園で転んでしまって」

「お怪我は？」

「ううん、汚れただけよ」

「安心致しました」

安堵するように息を吐く佳蓉に、心配させてしまったことを申し訳なく思うと共に、これでなんとか桃燕とのことは気付かれずに済んだと安心したが、佳蓉は春麗が思うほど甘くはなかった。

「ですが、何故転ばれたのですか？　あそこは以前、主上の命により石ころ一つも残っていない状態です。体勢を崩すにしても段差などはありませんし。誰かに突き飛ばされでもしない限り……」

そんな、まさか。声に出さなくても、佳蓉の言葉が聞こえてくるようだった。

「突き飛ばすために、私を遠ざけたのですか。怪我人がいると嘘をついて」

「佳蓉、落ち着いて。私は大丈夫だから」

「ですが！」

「本当に大丈夫。それにね、転んでしまって困っていたところを水月様に助けてもらったの」

話の矛先を変えるため、春麗は隣に立ち尽くしていた水月を佳蓉に紹介した。突然話を向けられた水月は春麗の言葉に戸惑いながら言った。

「助けただなんてそんな。私はたいしたことはしておりません」

「そんなことないです。水月様がいらっしゃらなければ、今も私はあの場所で困っていたと思います」

春麗と水月のやりとりを黙って見ていた佳蓉だったけれど、お互いに譲らない二人の姿にコホンと咳払いをすると頭を下げた。

「姜宝林様ですね」

「あれ？　佳蓉、水月様を知っているの？」

「もちろん存じ上げております。姜家は代々官吏を輩出している家柄で、姜宝林様のお父上もお兄様方も皆、官吏をされておいでです」

どうやら春麗が知らなかっただけで、水月は名家の出のようだった。「そのようなことは」と水月は否定しているが、その物言いすら品位を感じる。何一つとして教育を施されることなく、家婢同然に育てられた春麗とは雲泥の差だ。

みっともなさで一歩後ろへと下がりそうになる春麗の隣で、佳蓉は水月へ深々と頭を下げた。

「春麗様をお助けくださってありがとうございます」

「い、いえ。頭を上げてください。私は本当にたいしたことはしておりません。春麗様もお気になさらないでください」

「ですが、それでは春麗様のお気持ちが収まりません。と、いうことで春麗様。お世話になったとのことですので、姜宝林様を槐殿にお招きするというのはいかがでしょうか？」

「槐殿に？　いいの？」

思いも寄らない佳蓉の言葉に、春麗は顔を輝かせた。槐殿に人を呼ぶ、などと考えたこともなかった。そんなことをしようと思ったこともなかったし、そもそも呼べるような相手もいなかった。だから、水月を招くということが、春麗には特別なことに思えた。

「ええ。姜宝林様のご都合などもあるかと存じますが、いかがでしょうか？」

少し戸惑ったような表情を浮かべていた水月だったが、春麗のあまりに嬉しそうな表情に断れなかったのか「では、お言葉に甘えて」とはにかみながら答えた。

準備があるので四半刻ほどしてから、という水月の言葉に頷くと春麗は軽い足取りで槐殿に戻った。

以前、青藍から貰った茶を出すのはどうだろうか。何か出せるような菓子はあっただろうか。そわそわと落ち着かない春麗を、佳蓉は長椅子に座らせた。

「準備は私どもで致しますので、春麗様はこちらで休んでいらしてください」

「でも、私にも何か」

「……これは私からのお願いにございます」

佳蓉の言葉に、春麗は素直に従った。真っ直ぐに春麗を見る佳蓉の表情に、どこか苦しさを感じたから。

春麗は長椅子に座ると、準備をする佳蓉の姿を見つめた。佳蓉は、自分がついていなかったせいで、春麗の身に何かがあったのだとわかっている。嵌められたことも、それを春麗が隠していることも。

　わかっているけれど佳蓉は何も言わない。それは春麗が佳蓉に知られたくないと思っている気持ちを尊重してくれたからだ。それなら春麗も、償いたいと思っている佳蓉の気持ちを受け止めたい、そう思ったのだ。

　佳蓉の準備が整い、部屋の中に茶のいい匂いが漂い始めた頃、水月は侍女を伴い槐殿を訪れた。

「遅くなってしまい、申し訳ございません」

「いえ、大丈夫です。さあ、中にお入りください」

「わぁ、凄い」

　槐殿の中に入った水月は、感嘆の声を上げた。他の殿舎に比べると古めかしく、随分と見窄らしいが、天井まで春麗が磨き上げたおかげで、外から見ただけでは想像もつかないほど綺麗だ。

　後宮に上がったばかりの頃、部屋から出るなと言い続けた青藍の命のおかげで何もすることのなかった春麗は、誰かが掃除に来るわけでもない槐殿の部屋を一人で磨き上げたのだ。

「外から見た時と随分印象が違いますね」

「ありがとうございます！　頑張った甲斐があります」

「頑張った、甲斐？」

春麗の言葉の意味がわからなかったのか、水月は首を傾げた。部屋で向かい合うように座ると、春麗は「はい」と頷いた。

「私が掃除しました」

「え？　ですが、そのようなことを……」

続く言葉は「嘘ですよね？」なのか「本当ですか？」なのかは春麗にはわからない。ただ、水月の視線を向けられ、佳蓉は目を伏せると「その通りでございます」と頷いた。

「凄いですね。そのようなことまで一人でなさるなんて……」

そこまで言うと、水月は口をつぐみ、何かを考えるように目を伏せ小さく首を振った。

「いえ、違いますね。申し訳ございません、春麗様。本来であれば私たち女官の仕事であるはずのそのようなことをさせてしまい……」

「い、いいえ。気にしないでください。掃除は慣れてましたし、何より本当にすることがなくて、退屈しのぎにしていただけですので」

「ですが……」

申し訳なさそうな表情を浮かべる水月を座らせると、春麗は手元の菓子を差し出した。先日、青藍から贈られた乾蒸餅という菓子だった。

「これ、この間主上がお持ちくださった菓子なのですが、よければ食べてみてください。とても美味しかったのです」

「主上が？　そ、それは私のような者が頂いてしまうわけには」

「どうしてです？」

春麗には水月が断る理由がわからなかった。青藍からの贈り物を他の人に渡すのは不敬になるのだろうか。それとも春麗にはわからない他の理由があるのだろうか。それでも春麗は水月に菓子を食べて欲しくて勧めてみると、水月は助けを求めるように佳蓉の方を見た。

「どうしてって……その……」

部屋の隅で控えていた佳蓉は、仕方ないとでも言うように口を開いた。

「こちらは主上が春麗様に下賜されたものですので、姜宝林様が召し上がっても問題ないかと存じます」

「そう、なのでしょうか。……では、一つだけ」

入れ物に手を伸ばし、水月は菓子を一つ摘み口に入れた。

ふわっと溶ける食感に驚いたのか水月は目を丸くした。
「美味しい……」
「気に入ってもらえてよかったです。もしよろしければもう一つ召し上がってくださ
い」
「ですが……。いえ、ありがとうございます」
嬉しそうに水月は言うと、勧められるまま再び菓子に手を伸ばした。
春麗と水月は、庭園にある秘密の抜け道のことや、その先にある池の周りに咲いて
いる数々の花のことなど、色々な話をした。他愛のない話に笑い、笑顔を向け合う。
生家では罵倒されるか叱責されるのみだった。後宮に上がってからは青藍が訪れる
以外に槐殿に来る人間は宦官を除けばないに等しかった。佳蓉が常にそばに控えてい
てくれるが、侍女と主という一線をこえることは絶対になかったので、このような関
係は水月とが初めてだった。
「ふふ、春麗様とお話ししていると、とても楽しいです」
「わ、私もです」
「ああ、ですが申し訳ありません。そろそろ戻らなければならなりません」
「あ……」
水月は何もせず、ただ後宮にいるだけの春麗とは違い、するべきことがある。

尚服局に属している水月は、裁縫や針仕事を日々こなしている。妃嬪のいない今も、細々とした裁縫仕事があると話していた。妃嬪としての責があるわけでもなく、務めがあるわけでもない。ただ日がな一日暇を持て余している春麗とは違うのだ。ここにいつまでもいるわけにはいかない。

「そう、ですか。本日はお付き合いくださいましてありがとうございました」

「いえ、こちらこそ本当に楽しかったです。ありがとうございました」

礼をすると、水月は槐殿をあとにした。残された春麗は、先程まで水月が座っていた椅子を見て、ため息を吐いた。

水月と過ごす時間はとても楽しかった。青藍と過ごすのとはまた違う、今まで知らなかった新しい感情だ。ただ、楽しかっただけに、水月が帰ってしまったあとの部屋はとても寂しい。

「春麗様？」

「ううん、なんでもない」

自分の思考が恥ずかしくなる。寂しいだなんて、何を考えているのだろうか。水月はただ断り切れなくて槐殿に来てくれただけで、会話だって楽しいと思っていたのは春麗だけかもしれない。楽しかったと言ったのは、社交辞令で、ただ春麗に対し礼を尽くしただけなのかもしれない。

勘違いしてはいけない。また一緒に茶を飲みたいなどと、自分のような人間が思ってはいけないのだと、春麗は自分に言い聞かせた。

しかし、そんな春麗の想いに佳蓉は気付いていたのだろう。その日から珍しい菓子や茶が青藍から届くたび「姜宝林様とご一緒に召し上がってはいかがでしょうか?」「姜宝林様に先日の礼をおっしゃってみてはどうでしょう?」と、ことあるごとに水月の名を出すようになっていた。

「水月様は……私などに呼ばれても迷惑ではない、でしょうか」

その日も、青藍が届けてくれた茘枝という南方で取れる珍しい果物を前に、お決まりのように「姜宝林様と――」と佳蓉が言いかけたが、先に春麗の口が動いた。

不安が滲む春麗の言葉に、佳蓉は優しく微笑んだ。

「私などが言うのは差し出がましいことかと思いますが、姜宝林様とご一緒の時の春麗様は本当に楽しそうで、嬉しそうな表情をしていらっしゃいました。姜宝林様の気持ちまではわかりかねますが、あの時のお二人はご友人同士のようで見ていて心温まるものがございました」

「友人……」

家族とも、侍従とも違う友人という関係に、水月となれるのだろうか。なれるのであれば、なりたいと心から願う。ただそれと同時に……。

「私なんかがそんなことを願ってもいいのかな」

昔から父や義母、花琳から言われてきた言葉が呪詛（じゅそ）のように身体を、心を縛り付けている。

『呪われた目を持つお前が幸せになれるわけがない。その目が人を殺すのだ』

麻布を外して過ごす今も、春麗は人の目を見られずにいた。

この目が人を映すのが怖い。誰かの死を見てしまうことが怖くて怖くて仕方がない。前髪を引っ張るようにして目元を隠しているのもそのためだった。そんな春麗に、佳蓉は優しく微笑みかける。

「春麗様、誰かがお許しになるとかならないとかではなく、あなた様のお気持ちはどうですか？」

「私の、気持ち？」

「ええ。春麗様がどうなさりたいか、それが一番大事なことだと思います。……目のことを心配されているのはわかりますが――」

「ま、待って。どうしてそれを」

春麗は驚き顔を上げた。呪われた目のことは家族と、それから青藍以外は知らないはずだ。佳蓉にもこの目は見せないように気をつけてきた。なのに、どうして。

戸惑う春麗に佳蓉は小さく微笑んだ。

「私は春麗様の侍女です。その目に何があるのかは存じ上げませんが、それでも春麗様が目のことを気になさって人目を、いいえ、人を見ることを避けていらっしゃることくらいわかります」

「佳蓉……」

「その目に何があるのか、私にはわかりません。ですが、そんな私にもわかることが一つだけあります。その目を理由に、あなた様が逃げている、ということです」

「私が、逃げている」

前髪越しに佳蓉の姿を見つめる。佳蓉は真っ直ぐに春麗を見つめ返していた。

「ええ。春麗様は逃げています。自分自身と向き合うことからも、そして一歩踏み出すことからも」

「逃げている」春麗はその言葉を繰り返した。逃げているのだろうか。逃げていたのだろうか。この目を家族は恐れていた。

しかし、それ以上に恐れていたのは春麗自身なのかもしれない。この目があるから人に受け入れられない、虐げられても仕方ない、この目があるから。私のせいじゃない。私が受け入れられないのではなく、この目が受け入れられないのだと、そう思うことで自分自身を守り続けてきたのかもしれない。そして、今も。

「一歩、踏み出して、いいのかな」

「それはあなた様が決めることです。ですが、私は春麗様がそれを望むのであれば一歩踏み出す勇気を持つことも大事かと思います。……一介の侍女が、差し出がましいことを申しましたこと、誠に申し訳ありませんでした」

言い終えると、佳蓉は深く腰を折り頭を下げた。そんな佳蓉の肩に春麗は触れた。

「ううん、言いにくいことを言ってくれてありがとう」

顔を上げた佳蓉に春麗は微笑みかけると、水月への言付けを頼んだ。一歩踏み出したい。この目がある限り、春麗に死はついて回る。

しかし、それと春麗自身が全てから目を背け、遠ざけることは決して同じではないはずだ。言付けを伝える佳蓉を見送ると、春麗は窓から空を見上げた。大空へ飛び立つ鳥の姿が見える。

「あんなふうに私も、飛び立つことができるのかな」

春麗の呟きに呼応するように、一羽また一羽と飛び立っていった。

その日、佳蓉が持って帰ってきた返答は「明日お伺いさせて頂きます」という肯定的な返事だった。

椅子に座っていた春麗は、佳蓉の言葉に思わず立ち上がった。

「め、迷惑そうじゃなかった？」

「いいえ。喜んでいらしたように私の目には映りましたよ」

「本当？」

パッと顔を輝かせる春麗に、佳蓉は座るように促した。椅子に座り直す春麗を見ながら佳蓉が笑みを浮かべたのがわかった。

「どうしたの？」

「いいえ、後宮に上がられた当初よりも、明るくなられたと思いまして」

「そう、かな」

自分自身ではわからない変化を指摘され、春麗は頬を押さえる。明るく、なったのだろうか。わからない。わからないが、ここでは一人の人間として扱ってもらえている。恐ろしい場所だと聞いていた後宮だったが、生家にいた時よりも生きていると思わせてくれる。

「そうかも、しれない」

「明日が楽しみですね」

「うん」

明日、水月に会ったらどんな話をしよう。水月は何が好きだろうか。苦手な食べ物は？　好きなお茶の種類は？　聞きたいこと、知りたいことがたくさんある。

水月と過ごす時間に思いを馳せるうちに、あっという間に時間は過ぎた。

翌日、臥牀を出て被衫(ねまき)から襦裙に着替える。佳蓉に髪を整えてもらい、いつもなら下ろす前髪を横に分けてもらった。鏡に映る春麗の目が戸惑い震えていた。

「春麗様……」

その姿を見ていた佳蓉は心配そうに声を掛けた。春麗はなんとか笑顔を作ると小さく頷いた。大丈夫。もう逃げない。

小卓には青藍から贈られた茘枝。それから水月が来たら淹れられるように茶の準備をした。

落ち着かない春麗は部屋の中を行ったり来たりしてしまう。そんな春麗の様子に佳蓉は小さく笑った。

「春麗様、少し落ち着いては？　お茶をお淹れしましょうか？」

「そ、そうね。……ううん、やっぱりいい。水月様がいらっしゃってから一緒に飲むわ」

「承知致しました」

ふふ、と零(こぼ)れる笑みを隠しきれないまま佳蓉は頷いた。そうこうしているうちに約束の刻限がきたが、水月が訪れることはなかった。

「春麗様……」

「大丈夫。まだ少し時間が経っただけだから」

　四半刻、半刻と時間が過ぎても水月は姿を現さなかった。何かあったのだろうか。それとも春麗の元に来るのが嫌になったのだろうか。だとしたらどうして昨日は行くと言ったのだろう。

「もしかしたら何かあったのかもしれません。一度様子を見て……」

　佳蓉がそう言った時、殿舎の入り口が騒がしくなった。慌てて佳蓉が様子を見に行くと、珍しく大きな声を出した。

「春麗様！　姜宝林様がいらっしゃいました！」

「えっ」

　佳蓉のあとを追いかけるように春麗が入り口へと向かうと、そこには水月の姿があった。春麗の顔を見るなり、水月は申し訳なさそうな表情を浮かべると頭を下げた。

「遅くなり、申し訳ございません」

「大丈夫ですから、頭をお上げください」

「ありがとうございます」

　顔を上げる水月の目を、春麗は真っ直ぐに見た。水月は驚いたような表情を浮かべたが、それも一瞬で、そっと微笑んだ。

「綺麗な、金色の瞳ですね」

「あ……」

その言葉があまりにも優しくて、春麗の頬を温かいものが伝い落ちていく。佳蓉が慌てて差し出してきた手巾を受け取り、涙をそっと拭った。

心の奥底で、もしかしたら気味悪がられるのではないかと心配だった。水月なら大丈夫だと、信じたいと思ってはいたものの、どうしても不安が残っていた。しかし、春麗の不安を拭い去るように、水月は微笑んでくれた。それが春麗にとってどれだけ嬉しいことだったか、水月は知っているのだろうか。

「春麗、様……？」

「水月様、ありがとうございます。本当に……ありがとう、ございます」

水月の手を取り、頭を下げる春麗の頬を再び涙が伝い落ちた。春麗の涙が止まるまで、水月はそばで寄り添い続けた。

ひとしきり泣いたあと、春麗は水月を中へと招き入れた。小卓につくと春麗は佳蓉に茶の準備を頼むと、水月に向き直った。そんな春麗に、水月は深々と頭を下げた。

「本日はお招き頂きましたのに、遅れてしまい申し訳ございませんでした」

「いえ、大丈夫ですから頭を上げてください。こちらこそお忙しい中、お呼びして申し訳ないです」

「そんな！　お招き頂けてとても嬉しかったのです。ですが、出がけに仕事を頼まれてしまい……。春麗様には遅れることを伝えておくと言われたのですが」

「お聞きになられていない、ようですね」

水月の言葉に、春麗は頷いた。一体どうしてこんなことになったのだろう。そう思った春麗の脳裏に一人の人物の姿が浮かんだ。まさか、でもそんなことをする人物は一人しか……。

「あの、変なことをお尋ねしますが、仕事を頼んだというのはもしかして、黄桃燕様、でしょうか」

「え、ええ。そうですが」

「ああ、それで……」

全てが繋がった気がした。

「以前、私の襦裙が汚れ水月様に助けて頂いたことがありましたよね。あの時、私を突き飛ばし襦裙が汚れる原因を作ったのが黄桃燕様なのです」

「あ……」

「巻き込んでしまい、申し訳ございません」

春麗は椅子に座ったまま、水月に頭を下げた。自分のせいで水月を巻き込んでしまった。その事実が春麗には悔しくて申し訳なくて仕方がない。水月はそんな春麗に首を振る。

「頭を上げてください」

「ですが」

「私なら大丈夫です。それより、春麗様がそんな顔をなさることの方が心苦しいです」

「水月様……」

頭を上げた春麗を、水月は優しく微笑み見つめた。

「私のような者がこのようなことを言うなんて烏滸がましいかもしれませんが。先日、春麗様と一緒にお茶をした時間がとても楽しくて。なんだか後宮に上がる前の、まだ実家で暮らしていた時のことを思い出しました。だから今回、春麗様からお誘い頂いて、凄く嬉しかったのです」

「私もです！　水月様と過ごした時間がとても楽しくて、こんなふうに誰かと一緒にお茶をする時間なんて初めてで、つまり、えっと」

「ふふ、私たち同じことを思っていたのですね」

はにかみながら笑う水月に、春麗は微笑み返す。「友達になりたい」そう伝えるつもりだったが、そんな言葉などなくても、きっと水月も同じ気持ちだ、そう思えたことが春麗には幸せだった。

暫くして、佳蓉が見計らったように茶を持ってきたので、春麗と水月は茘枝を頬張りながら茶を飲むことにした。

甘酸っぱくてみずみずしく、なんとも美味しい茘枝を始めて食べた時、春麗はとても感動したのだが、水月も「春麗様はこのような果物を食べられてるのですね」と驚いていた。勧められるままにもう一つ茘枝を手に取った水月は、ふと思い出したように言った。

「誰かと一緒にお茶をするのが初めてだとおっしゃいましたが」

「ええ。生家にいた頃はそのようなことをしたことはなくて」

あの頃を思い出すと今もまだ胸の奥がキリキリと痛むが、もう二度と帰ることはないのだと思うと、少しだけ、ほんの少しだけ、忘れても許されるのかもしれないと、思えるようになった。だから苦笑いは浮かべてしまうが、あの頃のことを話すことができた。

そんな春麗に、何故か水月は悪戯っ子のような表情を浮かべる。

「ですが主上とは、二人でお茶を飲んで過ごされているのでは？」

「え、あ、そ、それは」

水月の言葉に青藍のことを思い出し、春麗の体温が上がった。頬が上気していることに気付き、慌てて両手で隠した。

「ふふ、何を思い出されてそのような表情をされているのですか？」

「や、そ、その」

何と言えばいいのか春麗が困っていると、目の前で佳蓉がクスクスと笑っているのが見えた。これは、もしかして。

「揶揄いました？」

「いいえ。ですが、そのような表情を浮かべるようなことがあったということでしたら、黄昭儀様が嫉妬なさるのも無理ないことですわ」

「え？」

「主上は後宮を持たれてはいますが、必要以上にこちらにいらっしゃることはございません。お渡りもありませんし、そもそも自分からどなたかの宮へ行かれたこともないのではないでしょうか。もしかすると母后陛下を亡くされた後宮という場所を好ましく思われてはいないのかもしれません。死の皇帝と呼ばれていることも相まって、春麗様が後宮にいらっしゃるまで代替わりから数カ月ございましたが、後宮へのお出ましは数えるほどしかなかったように思います」

水月の言葉に春麗は驚きを隠せなかった。春麗の知っている青藍は、怪我をした春麗を心配し駆けつけてくれ、甘いものや珍しいものなどがあれば、わざわざ槐殿に持ってきてくれた。顔を出せない日でも浩然に言付けて色々なものを届けてくれた。

そんな青藍しか春麗は知らなかった。そう言うと水月は優しく微笑んだ。

「それだけ春麗様を愛されているということだと思います」

「愛されて、る？」

「ええ。春麗様がいらっしゃる前もいらっしゃってからも、そのように主上の寵愛を頂いているのは、春麗様ただ一人かと思います」

水月の言葉に胸の奥がキュッとなった。愛されている。自分が、自分なんかが、青藍に。もしかしたら水月の勘違いかもしれない。しかし、勘違いだったとしても自分が誰かの、青藍の特別かもしれないと思うことがこんなにも嬉しいなんて。

けれど、それと同時に不安になった。

「あの、でも、それで水月様はよろしいのですか？」

「え？」

「だって、水月様も後宮に主上の寵愛を求めていらっしゃっているのでしょう？　せっかく仲良くなれそうだと思ったのに、もしも水月も桃燕のように春麗を邪魔に思うようなことがあれば、と不安に思う。そんな春麗に水月は微笑んだ。

「春麗様はお優しいのですね」

「ち、違います。そうではなくて、私は、私は今まで気付かなかったけれど我が儘なのかもしれません。主上に愛されていると聞いて嬉しいと思う半面、そのことで水月様から嫌われたらと思うと不安でなりません。どちらも欲しいと思うなんて我が儘だとわかっています。それでも」

それでも初めて得た感情を、手放すことができなかった。今まで全て諦めてきた。自分に与えられるものなど何もないと思っていた。それなのに、こんなふうに自分が思うようになるなんて。

そんな春麗の言葉に、水月はそっと手を取ると「春麗様」と名を呼んだ。

「そもそも私は主上の寵愛を求めてはいません。確かに実家の父や母はそれを望んでいるかもしれませんが、自分にその器量があるとは思っておりません。それよりも、こんなに可愛らしい友人ができたことの方が嬉しくて仕方ないのです」

「友、人？」

「違いましたか？」

春麗は慌てて首を振った。その様子を見て水月は笑う。少し離れたところで、佳蓉が目元に手巾を当てているのが見えた。

「またお茶をしましょうね」と約束をして水月は自分の暮らす殿舎へと帰って行った。別れ際「あまり春麗様を独占したら主上に恨まれてしまうかもしれませんね」などと言うものだから、春麗は首まで赤くなってしまった。

数日後、久しぶりに青藍が槐殿へとやってきた。来ない間も度々浩然に言付けていたというのに、さらにたくさんの菓子や果物を持ってきてくれた。

「わぁ、凄い。これはなんという果物ですか？」

方卓には青藍が持ってきた土産物が所狭しと並べられている。先日届けられた桜桃(さくらんぼ)や茘枝だけでなく不思議な形をした果物らしきものや焼き菓子もあった。

「鳳梨(パイナップル)という南国の果物だ」

「こんなにトゲトゲしているのに果物なんですか？」

「ああ。食べてみるか？」

「よろしいのですか？」

「そのために持ってきたんだ」

青藍は鳳梨を佳蓉に手渡すと、切って持ってくるように指示を出した。困ったように鳳梨を見つめる佳蓉を見て青藍は「浩然」と呼び掛けた。青藍の言葉に無言のまま頷くと、浩然は槐殿に備え付けられた厨へと佳蓉を伴い向かった。

部屋で青藍と二人きりになると水月の言葉が頭を過る。『それだけ春麗様を愛されていると――』

「どうした？」

「え、あ、な、何でもない、です」

何でもないと言いながらも長椅子の端に後ずさるように移動する春麗に、青藍は不快そうに眉をひそめた。

「何故離れる」

「な、何故って」

恥ずかしくて、などとは言えない。どうしたらいいか戸惑ううちに、青藍は距離を詰めるように春麗のそばに移動してきた。肩が触れそうな距離に青藍を感じ、春麗は自身の体温が上がっていくのを感じた。

「恥ずかしがっているのか」

くつくつと笑う青藍の長い指が春麗の顎に触れ、そのまま上を向かせられると、春麗は青藍と目が合った。

「髪型を、変えたのだな」

「あ……はい」

「こちらの方がいい。今度、お前に似合う簪(かんざし)を贈ろう」

「ありがとう、ございます」

礼を言う春麗に青藍はふっと笑みを浮かべ、そして小さくため息を吐いた。

「お疲れ、なのですか？」

「ん？　ああ、ここのところ色々と立て込んでいてな。そのせいでお前に会いに来ることも儘ならなかった。この数日、お前は何をしていた？」

「わ、たしは、えっと……その、お友達が、できました」

「友達？」

「は、はい。水月様とおっしゃって、昨日は一緒に庭園に行きまして、お花見をしました。その前は槐殿に来て頂いてお茶を。水月様はとてもお優しくて、えっと、それで」

たどたどしく、それでも嬉しそうに話す春麗の話を青藍は頷きながら聞いた。青藍の手が頬を、そして髪を撫でてくるのがどうにもくすぐったくて、時折春麗は首をすくめてしまう。

「しゅ、主上」

「ん？　どうした？　話を続けろ。他には何があった？」

「他に、ですか？」

「ああ。困ったことはなかったか？」

青藍の言葉に一瞬、桃燕にされたことが頭を過ったが、心配をかけたくなくて春麗はニッコリと笑った。

「はい。大丈夫です。困ったことと言えば一度襦裙の裾を汚してしまったことがあったのですが、それも水月様が綺麗にしてくださったのです。本当に素晴らしい方です。あ、そうだ。この焼き菓子なのですが、明日水月様とお茶をする時にお出ししてもいいですか？　きっと喜んでくださると思うのです」

「……春麗」

「はい？　んぐっ」

返事をした春麗の口に、青藍は焼き菓子を一つ放り込んだ。口の中いっぱいに甘さが広がる。この菓子は一体何なのだろう。そんなことを考えながら咀嚼（そしゃく）しているとあっという間に菓子は溶けて消えた。

「美味いか？」

「は、はい」

春麗の答えに、青藍は満足そうに頷いた。

「ならもっと食べろ」

青藍はもう一つ手に取ると、それを春麗の口元に持っていった。口に入れられた菓子を頬張りながら、春麗は青藍の口調に違和感を覚えた。

「あ、あの」

「なんだ」

「もしかして、何か怒ってらっしゃいます、か？」

どこか苛ついたような、怒っているような空気を感じた。何か春麗の態度が気に入らなかったのだろうか。それとも青藍が優しいからと調子に乗って喋りすぎてしまったただろうか。

「……ったく、そんなところだけ鋭くなくていいというのに。それも、人の顔色を窺って生きてきたせいか――」

「え？」

最後の方は上手く聞き取ることができず、聞き返した春麗に「なんでもない」とだけ言うと、もう一つ焼き菓子を手に取り春麗の口に入れた。

「お前があまりにも『水月、水月』というからおもしろくなかっただけだ」

「え？」

「――だから。今は目の前にいる俺のことだけ見ておけということだ」

「そ、れは」

もしかして、嫉妬、なのだろうか。目の前で舌打ちする青藍を思わずまじまじと見た。青藍が水月に嫉妬などするはずがないと思うのに、微妙な表情を浮かべている青藍を見ていると何故か否定できなかった。

「しゅ――」

「何も言うな。水月とやらと一緒に食べたければ明日、同じものを届けさせる。ここにあるものはお前のために持ってきたから、お前が食べろ」

「……はい」

そう言われてしまえば断るわけにもいかない。

春麗は勧められるままに焼き菓子を頬張った。そんな春麗のことを青藍は優しく見つめていた。

「え？」

ふと気付けば、春麗のほうに青藍が身体を寄せてきていた。そのまま青藍の顔が春麗へと近づいてくる。春麗は何が起きているのかわからなかった。咄嗟にぎゅっと目を閉じた春麗の頬に、柔らかな何かが触れたような気がした。

「え、なっ、い、今っ」

「甘いな」

「まっ……」

「頬にそんなものを付けている方が悪い」

ニヤリと笑う青藍に、春麗は頬を手で押さえた。きっと今、自分の顔は真っ赤になっている。そうわかるぐらい、青藍の唇が触れた頬は熱くなっていた。

「お待たせ致しました」

まるで見計らったかのように、部屋へと佳蓉と浩然が戻ってきた。春麗の顔が赤くなっていることにも、青藍の機嫌が先程よりよくなっていることにも二人は触れることはなく、方卓の上に輪切りにした鳳梨を載せた皿を置いた。黄色く熟れたその果物は、棘だらけだった先程までと違い甘酸っぱい香りを漂わせている。

「食べないのか？　なんならこれも食べさせてやろうか」

「だ、大丈夫です！」

　佳蓉に手渡された餐叉で鳳梨を差し、春麗は口に入れる。噛むと甘酸っぱい果汁が口の中いっぱいに広がった。少し舌先がピリリとしたが、それもまた初めての感覚だった。

「美味しい……」

「ならよかった」

　鳳梨を頬張る春麗を、青藍は優しく見つめていた。その姿は死の皇帝と言われている劉青藍と同一人物とはとても思えないほどだった。

　翌日、槐殿には約束通り、昨夜青藍が持ってきたものと同じ焼き菓子が届けられた。茶をするために訪れた水月にそれを出し二人で食べようとした際に、昨夜の青藍からの頬への口づけを思い出し――赤くなった春麗を水月が不思議そうに見ていたことは青藍には絶対に秘密にしよう。

第三章　呪われた少女と守りたいもの

水月と青藍のおかげで春麗の後宮での生活は当初よりも随分と楽しいものとなっていた。未だに桃燕からと思われる嫌がらせは続いていたが、そんなことが気にならないぐらい春麗にとって幸せな日々だった。

「よしっと。終わったよ」

扉の向こうにいた虫を箒で掃き飛ばすと、春麗は佳蓉に声を掛けた。もはや日課のようになっているこの虫の片付けにも慣れた。佳蓉に宦官を呼びに行ってもらっている間に春麗は今日の花見で水月と食べる菓子を選んでいた。

随分と暑くなってきたので何かひんやりとしたものを持って行ければいいのだが、氷は高級品で春麗に手が届くような品ではない。青藍に言えばすぐに用意してくれるだろうが、だからこそ言いたくなかった。今でさえ色々なものを持ってきてくれたり届けてくれたりするのだ。これ以上何かを求めることは我が儘がすぎる。

「うーん、何がいいかな」

暫く考えていると佳蓉が戻ってきた。どうやら虫は無事片付いたようだ。

「ありがとう、佳蓉」

「いえ。ところで、先程姜宝林様にお会いしたのですが、何やら急な用事が入ったとかで本日のお花見は難しいそうです」

「そっか……。残念だけれど仕方ないね」

「明日も花は咲いていますので」

慰めるように言う佳蓉の言葉に春麗は頷いた。しかし、翌日もそのまた翌日も、水月と花見をすることは叶わなかった。

「どうやら姜宝林様はお忙しいようで」

「そうなの？」

「はい。後宮にいた女官たちもかなりの人数が減ってしまいましたので、一人一人の仕事量が随分と増えてしまっているらしく、しばらくは来られそうにないとのことでした」

「そっか……。でも、お仕事なら仕方ないよね」

皆が皆、位階を持っていない春麗のように毎日を暇に過ごしている訳ではない。春麗が何もしていない時間も、水月や他の女官たちは働いているのだ。

「忙しいのが落ち着いたら、また来てくれるかな」

「ええ、きっといらしてくださいますよ」

楽しい時間がなくなるのは寂しいけれど、きっとまた落ち着いたら会えるはずだ。そう思っていた。

水月と会わなくなって一週間が過ぎた。毎日のように会っていた水月に数日会わないだけで、もう随分会っていないような気がした。

「はぁ……」

「春麗様、大丈夫ですか？」

「うん……。心配かけてごめんね。大丈夫だから」

何とか笑みを浮かべたが、無理矢理笑っていると佳蓉には気付かれていた。

「たまには外に出ませんか？」

「そう、だね。そうしようか」

あまりにも心配そうに言う佳蓉に、これ以上心配をかけないためにも春麗は頷いた。

久しぶりの外は日差しがとても眩しい。後宮に初めて来た時はあんなにも寒かったのに、今では薄手の襦裙でも暑いぐらいだ。夏が過ぎ秋になれば、庭園の花々もまた違った顔を見せるだろう。その頃には水月の忙しさも落ち着いているだろうか。

そんなことを考えながら槐殿を出て庭園までの道のりを歩いていると、遠くに水月の姿が見えた。

「ね、ねえ。佳蓉」

「どうなさいました？」

「その、一緒にお花見をすることはできなくても、少しお話しするぐらいなら迷惑ではない、かな？」

春麗の視線の先に水月を見つけた佳蓉は、優しく微笑んだ。

「ええ、少しぐらいなら大丈夫ではないでしょうか」

佳蓉の言葉に、春麗はパッと顔を輝かせた。

邪魔をしてはいけないと思い、そっと静かに水月の元へと向かった。同じ色の襦裙を着た他の女官たちと一緒に、水月は時折笑顔を浮かべながら洗濯物に勤しんでいた。

「すいげ――」

声を掛けようとした春麗は、めくられた袖から見える水月の腕に痣があるのに気付いた。腕だけではない。足にも、何ヶ所も痣があった。どこかにぶつけたのだろうか。

それとも、まさか。

「春麗様？」

「水月様……」

「あっ……」

春麗の視線に気付いた水月は、思い出したかのように手足を隠す。まるで春麗には見られたくないとでも言うかのように。

「あの、ちょうど歩いていたらお見かけしたので」

「そうだったのですね。最近、槐殿に伺えなくて申し訳ございません」

「いえ、それはいいのですが。それより、その手足……どうなさったのですか？」

「これは……その、転んでしまって」

あきらかに嘘だとわかる言葉に、春麗は食い下がってしまう。

「本当ですか？　どなたかに殴られたのではないのですか？」

「ち、違います。本当に転んだだけで……」

目を合わせようとしない水月に、疑念がどんどん確信へと変わっていったが、どれだけ春麗が尋ねても、水月は「転んだだけです」と言い張るばかりだった。

「あの、えっと私まだ仕事が残っておりますので。失礼致します」

「あっ」

水月は春麗を避けるように去って行ってしまった。残された春麗は、走り去る水月の背中を見つめることしかできなかった。

結局、春麗は花を見ることなく槐殿へと戻った。水月の手足に残る打撲痕が気になって仕方なかった。どう見ても誰かから殴りつけられたような痕に見えたが、水月はそれを認めようとしない。一体どうして。

「……れい」

誰かを庇っている？　それとも、誰かに口止めされている？　後者だとしたら、一体誰が。

「春麗」

悩みがあるのなら教えて欲しかった。友達だと言っていたのは嘘だったのだろうか。

友達だと思っていたのは春麗だけだったのだろうか――。

「楊春麗」

「はっ、はい！」

春麗の思考を遮るようにすぐそばで名前を呼ばれ、思わず姿勢を正す。慌てて顔を上げれば、眉をひそめ春麗を見つめる青藍の姿があった。

「あ、あれ？　主上……？」

「俺の隣でぼんやりするとは、どういう了見だ？」

水月のことで思い悩みすぎ、青藍が槐殿に来たことすら気付いてなかった。慌てて頭を下げると青藍に頭を下げた。

「も、申し訳ありません！」

「ふん。俺が来たことにも気付かないぐらい何を考えていた？」

「そ、それは」

「言え。俺に隠し立てをするな」

どうするべきか一瞬考えたあと、春麗は素直に今日あった出来事を話すことにした。

「つまり、姜水月が何者かに危害を加えられていると。そのことが気になって俺が来たことにも気付かなかったと、こういうことだな」

「申し訳ありません……」

「浩然」

「はっ」

青藍に名前を呼ばれると、浩然は頭を下げて槐殿をあとにした。

「あ、あの？」

「今、浩然に何があったか調べさせている。すぐにわかるだろうから安心しろ」

「ありがとうございます！」

「ふん。お前が俺以外のことに気を取られているのは気に食わないからな」

そう言うと青藍は春麗の膝に頭を載せ、長椅子に寝転がった。

「主上!?」

「浩然が戻るまで寝る。戻ってきたら起こせ」

「起こせと言われましても」

突然のことにどうしたらいいかわからず、春麗が慌てているうちに青藍は規則正しい寝息を立て始めた。

「ほ、本当に眠ってしまわれたの……？」

「そんなわけないだろう」

寝顔を覗き込むようにしていた春麗は、突然目を開いた青藍と至近距離で目が合ってしまった。

「ひゃっ」

「なんだ、その声は。お前が覗き込んでいたのだろう」

「だ、だって眠っていらっしゃると思ったんです！」

「それで？　眠っている俺に何をする気だったんだ？」

「な、何って……」

寝顔を覗き込んで、それで――。

「ち、違いますから！　絶対に、違いますから！」

「うん？　俺は何も言っていないぞ？　一体何を考えていたんだ？」

くつくつと笑う青藍の姿に、揶揄われたことに気付いたが後の祭りだった。顔を隠そうとしたが、腕を青藍に掴まれて隠すこともできない。

「だから、その――」

「……浩然か」

「はい。入ってもよろしいでしょうか」

「ああ」

しどろもどろになっている春麗を尻目に、いつの間に戻ってきたのか部屋の戸の向こうに姿を現した浩然は青藍の許可を得て部屋へと入ってきた。慌てて体勢を直そうとしたが、青藍は意に介さず春麗の膝の上に頭を置いたままだった。

「先程、春麗様がおっしゃっていた件についてですが」

浩然もそんな青藍の姿を気にすることなく、淡々と報告していく。恥ずかしがっているのは春麗ただ一人だけだった。

「どうやら黄桃燕様が侍女たちを使い姜水月を甚振(いたぶ)っているようです」

「黄昭儀様が……」

思っていた通りだったが、実際に浩然の報告を聞くと胸の奥に重いものがのしかかってくるようだった。

「ちなみに……理由って……」

「……ご想像通りです。春麗様と姜水月が懇意にしていることを聞き、嫌がらせをしたとのことでした」

「あ……」

目の前が真っ暗になった。自分のせいで、水月が嫌がらせを、それも暴力を受けている。自分と仲良くならなければ、されることもなかったのに。自分のせいで……。

「春麗」

「しゅ、じょう……」

「自分のせいだと気に病むな。こういうことはされる奴に理由があるのではない。する者の心が病んでいるのだ」

「で、ですが……」

　自分が嫌がらせをされるのであれば耐えられた。

　虫を置かれ、突き飛ばされて服を汚されても笑っていられたのは、その悪意の矛先が全て春麗に向かっていたからだ。

　しかし水月はただ春麗と仲がいいというそれだけの理由で嫌がらせをされていた。痣ができるほど殴られるなんて、どれほど辛かっただろう。

「……そのような顔をするな」

　青藍は春麗を見上げると、そっとその頬に触れた。

「お前がそんな顔をするのが俺は一番嫌だ。お前の顔を曇らせるのであれば、今すぐに黄桃燕を処刑してもいい。どうする？」

　青藍の言葉に、春麗の心は揺らいだ。

　桃燕を処刑しないまでも、このまま嫌がらせを続ければ処刑になるぞと言えば水月への嫌がらせはなくなるだろう。また二人で茶をしたり花見をしたりすることだってできるだろう。

　そんな未来を思い描くだけで泣きたいぐらい嬉しくなり、青藍の言葉に甘えそうになってしまう。

　けれど、それでは――。

「駄目です」

「春麗?」

「それじゃあ、駄目なんです」

桃燕に処刑を突きつけて謝罪させたとしても、きっと春麗への風当たりは弱くはならない。それどころか、青藍の寵愛を盾に妃嬪を処刑させようとした、と悪い噂だけが回る。

それでも水月を助けられるのなら、自分が悪く言われるのは構わない。ただ、その場合、春麗だけではなく青藍までもが悪く言われるかもしれない。そして、それは第二、第三の桃燕を生み出しかねないのだ。

「私は、私の力で、この場所に居場所を作りたいと、そう思います」

「……そうか」

「はい。きちんと話をしてそれで解決できればと思います」

「わかった。だが、三日だ。三日の間は俺は手を出さない。だがそれ以上かかるようであれば、俺が手を下す。いいな」

眉をひそめ顔をしかめながら言う青藍の言葉に春麗は頷いた。きっと本当は今すぐにでも手を下してしまいたいとそう思っているはずだ。それでも春麗の思いを汲んで、三日という猶予をくれた。それは青藍の精一杯の譲歩であり、優しさだった。

「ありがとうございます」

「……無理はするな。何かあったら俺を頼れ。俺は、お前に頼ってもらいたい。それだけは覚えておいてくれ」

「勿体ないお言葉です」

はにかみながら微笑む春麗の髪を青藍はそっと撫でた。ゴツゴツとした手で撫でられているはずなのに、何故かとても心地よかった。


翌日、春麗は桃燕の元へと向かった。とにかく一度話をしようと思ったのだ。

桃燕の暮らす梅花殿（ばいかでん）は後宮の門から程近い場所にあった。槐殿とは比べものにならないぐらい大きく、煌びやかだ。梅の花があしらわれた門の前には女官が立っていた。

「あの、黄昭儀様にお会いしたいのですが」

「お名前と位階をお教えください」

「なっ」

淡々と言う女官に対し佳蓉は「誰に向かって言っているのですか」と言わんばかりの勢いで声を上げた。そんな佳蓉を制すると春麗は微笑みを浮かべた。

「楊春麗です」

「位階は何にございますか？」

「えっと。位階は……ございません」

位階がないと伝えた瞬間、女官の視線が鋭くなったのを感じたが、ここで引くわけにはいかない。春麗には時間がないのだ。

「少々お待ちください」

淡々とした口調で春麗に告げると、女官は殿舎の中へと入っていった。暫くその場で待っていると、先程の女官が戻ってきた。

「黄昭儀様がお会いになるそうです」

女官に連れられ梅花殿の中へと入る。中には桃燕付きの女官たちが忙しなく仕事をしていた。春麗と佳蓉しかいない槐殿とは随分と異なる。

奥にある正殿へと向かうのかと思えば、梅花殿の中庭へと案内された。

「あの……？」

「間もなく黄昭儀様がいらっしゃいますので、こちらでお待ちください」

女官の言葉に春麗は頷いた。中庭には春麗と佳蓉だけが残される。梅花殿の中庭は庭園ほど大きくはないけれど、芙蓉や鳳仙花（ほうせんか）といった花々が咲いていた。

後宮に上がったばかりの頃は、どの花を見ても名前なんてわからなかった春麗だったが、何度も庭園に通ううちに花の名を覚えた。それもこれも全て何もわからない春麗に水月が丁寧に教えてくれたからだ。

春麗にとって大切な友人である水月に対して嫌がらせをしている、させているという桃燕を何とか止めたい。その一心だった。

「お待たせしたわね」

正殿から現れた桃燕は、まるで目下の者に接するかのように春麗に言った。佳蓉が勃然としたのがわかったが、春麗は腰を折り頭を下げた。

「突然の訪問、申し訳ございません」

「いいわ、許してあげる。それで？　何のご用かしら」

丁寧な口調で謙る春麗に気を良くした桃燕は、笑みさえ浮かべていた。

「……桃燕様は姜宝林様をご存じでしょうか」

しかし春麗が水月の名を出した瞬間、その笑みは消えた。ただすぐにまた柔和な表情を浮かべると、申し訳なさそうに桃燕は口を開いた。

「どなたかしら？　ごめんなさいね、あなたはご存じないかもしれないけれど、後宮にはたくさんの人間がいるの。宝林ですと私とは接点もないので、存じ上げないわ」

「そう、ですか」

桃燕の言葉が白々しい嘘だということはわかっている。何と言えば嘘を暴けるだろうか。

「それで？　その姜宝林がどうしたというの？」

「……何者かに嫌がらせを受けているようなのです。身体中に痣を作り、痛々しい姿で仕事をしております」

「まあ気の毒に。後宮でそのようなことが起こっているなんて。よく相談してくれたわね。私が責任を持って調べさせておくわ。……峰延」

「はい」

いつの間にそこにいたのだろうか。峰延と呼ばれた桃燕付きらしき宦官は呼び掛けに頭を下げると口角を上げた。

「私から報告をしておきますのでご安心ください」

嘘だ、と春麗は直感的に思った。嘘、というよりも桃燕に命じられて嫌がらせを行っているのがこの峰延なのかもしれない。下卑た笑みを浮かべる峰延を見ているとそんなことすら思えてしまう。

「他に用がなければこれで失礼してもよろしいかしら？　あなたと違って忙しいの。そこのあなた、お見送りして差し上げて」

これで話は終わり、とばかりに桃燕は言うと、そばに控えていた女官に春麗たちを見送るように言った。「承知致しました」と女官が春麗たちの元へとやってこようとするので、慌てて桃燕を呼び止めた。

「黄昭儀様！」

「……何かしら？　まだ私に何か御用が？」

「本当に姜宝林様をご存じではありませんか？　全てはあなたが――」

「何と言うことを！」

春麗の言葉を遮ると、桃燕は睨みつけた。

「主上のお気に入りだからといって言っていいことと悪いことがあるのもわからないのですか？　ああ、嫌だ。まともな教育もされていないと、こんなふうになるなんて」

「……っ」

確かに春麗はまともな教育を受けてはいない。それは否定できない事実だ。しかし……。

「それでも私は、誰かに対して実家を、そしてその人本人を貶すようなことは致しません」

「なっ」

真っ直ぐに言い返した春麗に、桃燕は言葉に詰まった。自分がされてきて嫌だったことを人にしたくない。だから貶めるのではなくきちんと向き合いたいと思っている。たとえそれが桃燕相手だとしても。

しかし、そんな春麗の想いは桃燕に届くことはなかった。

「不愉快よ！　峰延、今すぐこの者を私の宮から追い出しなさい！」

「承知致しました。楊春麗様、失礼致します」

「あっ」

峰延は春麗の腕を掴むと、引きずるようにして連れて行こうとする。そんな峰延の腕を佳蓉が必死に止めようとしたが、宦官とはいえ男である峰延の力に敵うことはなく、結局佳蓉もろとも梅花殿から追いやられてしまった。

「春麗様！　お怪我は!?」

「私は、大丈夫。佳蓉こそ、怪我はない？」

「こんな時まで私の心配など……！　春麗様をお守りすることができなかったこと、本当に申し訳ございません」

涙を浮かべながら叩頭しそうな勢いで言う佳蓉にもう一度「大丈夫だよ」と声を掛けた。

梅花殿の入り口では女官が春麗と佳蓉を不審そうに見ていたので、春麗は「行こっか」と佳蓉を連れ立ち歩き出した。

あの様子では、春麗が何を言おうと自分がやったことを桃燕が認めることはないだろう。それどころか春麗に手を出さない分、水月への嫌がらせが酷くなる可能性すらある。

水月を守るためにはやはり青藍に止めてもらうしかないのだろうか。

しかし、そうなればきっと桃燕は後宮にいられなくなる。いや、それで済めばまだいい。昨日の青藍の言動からは、それ以上のことすらしかねない。

確かに桃燕のしたことは腹立たしく思うし、直接春麗に何かするのではなく関係のない水月に、春麗と仲がいいというだけで嫌がらせをしたことは許せない。だからといって桃燕が傷付けばいいとは、どうしても思えないのだ。

「私、水月様に会いに行こうと思うの」

「ですが、姜宝林様は春麗様と会うことを……」

「うん、望んでないよね。それはわかっている」

ただ春麗はそれは水月の優しさからではないかと思うのだ。自分のせいで水月が嫌がらせをされているとわかれば春麗が傷付くことをわかっていて、水月は春麗を避けているのではないか、と。

だが、春麗の考えに佳蓉は不満そうだった。梅花殿から槐殿までの道すがら、春麗の言葉には同意しかねるとばかりに佳蓉は言っていた。

「春麗様はお優しすぎます。私にはこれ以上嫌がらせをされたくない姜宝林様が春麗様を避けている。友情よりも自分の身を守りたかったのだと、そう思えてなりません」

普段であれば主である春麗の言うことに納得できないことがあったとしても、自分の意見を押し通すようなことなどない。

春麗の言葉を否定するなど以ての外だという信念の元、佳蓉が付き従ってくれていることを春麗は知っていた。しかし今は、そんな自分の信念を忘れてしまうほど、佳蓉は春麗のために怒っていた。

「……どうされました？」

笑みがこぼれた春麗に、佳蓉は怪訝そうな視線を向けた。

「ううん、私のことで怒ってくれてありがとう」

佳蓉の気持ちは嬉しい。それでも。

「でも、やっぱりそれは違うと思うの」

「どうしてですか？」

「だって、水月様ってそういう方、でしょ」

根拠などない。ただ春麗はそう思いたかった。春麗には水月が自己保身のためにそうしたとはどうしても思えなかった。春麗の言葉に一瞬あっけにとられた表情を浮かべたが、佳蓉はふっと笑った。

「確かに、その通りですね」

「でしょ」

佳蓉が納得してくれたことに春麗は安心する。そんな春麗に笑みを浮かべたあと、佳蓉は深々と頭を下げた。

「先程は差し出がましいことを申しました」

「ううん、気にしないで。私の行動を諫めてくれるのって凄くありがたいことだから」

「そのようなこと……！」

「ううん、本当に。私が何か間違ったことを言った時に『それは違うと思う』と、きちんと言ってくれる人が周りにいることはとても大切なことだと思う」

　春麗だって人間なのだ。誤った行動をすることもあれば間違ったことを言うこともある。その時に主の言うことだと全て受け入れるような侍従だけだと、いつか取り返しのつかないことになりかねない。そして。

「黄昭儀様にはそのような方が周りにはいらっしゃらなかったのね」

「春麗様……」

「だからといって何をしてもいいわけではないけれど、でも可哀想なことだと私は思うの。……私なんかにこんなことを思われてるって知ったら、きっとまた怒ってしまうでしょうけどね」

　春麗は先程の桃燕の姿を思い出した。花琳と同い年の桃燕。花琳もそうであったが、何をしても肯定され、自分のすることは全て正しいと思い込むことは恐ろしい。けれど、彼女たちはそういうふうに育てられてしまったのだ。

　だからといって全てを許すことなどできない。

水月は春麗にとって後宮にきてから。いや、生まれて初めてできた友達だ。そんな水月を何としてでも守りたかった。

しかしこの日、どれだけ探しても水月に出逢うことはできなかった。


その日の夕餉のあと、青藍が春麗の宮を訪れた。

「李が手に入ったから食べさせてやろうと思ってな」

青藍は浩然に持たせた籠を佳蓉に手渡させると長椅子に座った。隣に座るように言われ、春麗は素直に従う。気遣わしげに春麗を見る青藍に、ようやく本来の目的に気付いた。

「心配、してくださったのですか？」

「先程も言っただろう。李が手に入ったから持ってきただけだ」

訪れた時と同じ言葉を青藍は顔をしかめて言う。その態度が余計に答えを言っているように思えて、春麗は小さく笑った。

「ありがとうございます」

「ふん。それで、進捗は」

「……そんなことするわけない、と逆に叱責されてしまいました」

「まあ、そうだろうな」

青藍はわかっていたと言わんばかりの表情で、方卓に置かれた茶に口を付けた。後ろで浩然が渋い顔をしているのが見える。毒味もしていない茶を飲むなど、と言いたそうだった。

銀の茶碗に入れて出してはいるが、青藍はこの宮で出されたものであれば大して気にもとめず口にしてしまうところがある。信頼されているのだと思うと同時に不安になる。この宮には春麗と佳蓉以外に人はいないが、それでも掃除などで宮女たちが立ち入ることもある。万が一がないとは限らない。

「どうした？」

「その、毒味をしてからお飲みになる方がよろしいのでは？」

「必要ない」

「ですが」

視線の先にいる浩然は春麗の言葉に、その通りだと言わんばかりに頷いている。そんな顔をするぐらいなら青藍に言えばいいのに、とも思うが、すでに何度も言って断られたのかもしれない。ああ、もう。そんな目でこちらを見て、もっと言えとばかりに主張しないで欲しい。

「俺は多少の毒では死なん。それに、お前がついているからな」

「え？」

「俺には今も死の文字は出ていないのだろう？」

「それは、そうですが」

死なないまでも苦しむことはあるかもしれない。そう思うと。

「主上に何かあれば、私は——辛く悲しいです」

春麗の言葉に、一瞬青藍は驚いたような表情を浮かべた。

「悲しい？　私に何かあれば、か？」

どうして尋ね返されるのか春麗にはわからなかったが「はい」ともう一度頷いた。

すると青藍は「悲しい。そうか、悲しいのか」と口の中で何度も繰り返した。

「主上？」

「……今までも俺を心配したやつはいた。けれど、それは俺ではなく皇帝の身の安全を気にしているだけだった。だが……」

青藍は春麗を見つめると口元を緩めた。

「お前の言葉は真っ直ぐに俺を想ってくれているのが伝わってくる。いいものだな」

きっと今までも青藍の周りに青藍を心配した人間はいたはずだが、その言葉をただ素直に信じることができなかった青藍を思うと胸が痛くなる。

春麗は隣に座る青藍の冷たい指先にそっと触れた。

「春麗？」

「私にできることなど限られていますが、こうやってそばにいることはできます」

「そうか」

「はい」

青藍は春麗の肩に頭を預けると、小さく笑った。青藍の髪の毛が春麗の頬をくすぐる。

「こんな細い肩では俺を支えることはできないぞ」

「そ、それは……」

「冗談だ。お前に支えられなければならないほど落ちぶれてはいない」

「あっ」

頭を起こすと、青藍は代わりに春麗の頭を引き寄せた。広い肩に頭を載せると、すぐそばで青藍が喉を鳴らしたのがわかった。

「お前はこうやって俺にもたれかかっていればいい」

その言葉の裏に「これ以上無理をするな」と言われているような気がした。

「ですが、それでは――」

「そう思うのに、それではお前は満足できないのだろうな。だからこそ、お前に惹かれるのだ」

「主上……？」

顔を上げた春麗を青藍は優しく見下ろした。翡翠色の瞳は春麗を真っ直ぐに見つめていた。

「黄桃燕のことも無理をするなと言いたいが、お前がそれを良しとしないのもわかっている。だが、無茶はするな。お前が俺を心配するように、俺もお前に何かあれば悲しむのだということを忘れるな」

「ありがとうございます」

青藍が春麗の言葉にぬくもりを感じたように、春麗もまた青藍の言葉に喜びを覚えていた。誰かに想ってもらえることがこんなにも嬉しいなんて知らなかった。大切な人を守りたいと思うことが、こんなにも力になるなんて初めて知った。

しかし青藍の言葉を嬉しいと思えば思うほど、今一人で苦しんでいるであろう水月のことが心配になった。

そしてふと気付いてしまう。春麗が桃燕の元を訪れたことで、さらに嫌がらせが酷くなっているのではないか。

少し考えればわかるはずなのに、そんなことにさえ考えが及ばなかった自分が嫌になる。

明日、もう一度水月を探そう。そして痣について尋ねよう。証拠さえあれば桃燕も言い逃れができないはずだ。

「……主上」

「どうした？」

春麗はすぐそばにいる青藍を呼ぶ。青藍は春麗の真っ黒な髪をそっと撫でながら、視線だけ春麗の方へと向けた。

「一つだけ、お願いがあるのですが」

「何だ、言ってみろ」

「水月様を、守って差し上げて頂けませんか？」

春麗の言葉に、青藍はあからさまに落胆の表情を浮かべた。その表情に春麗は慌てて青藍の肩から頭を起こす。

自分でなんとかするから手を出さないでくれと言っておきながら図々しいと思われたのかもしれない。自分のような人間が願いを言うなど烏滸がましいことだった。青藍なら受け入れてくれるような気がして、つい口走ってしまったけれど、言うべきではなかった。

「も、申し訳ございません、ん？」

最後まで言い切るよりも早く、青藍は先程までと同じように春麗の頭を自身の肩に載せるとその頭を抱き込むように腕を回した。

「何を謝っている」

「え、あ、わ、私が図々しいことを申し上げたから、お怒りになったの、かと」

「怒ってなどおらん」

「ですが、先程……」

「あれは」

青藍は珍しく口ごもった。一体どうしたのだろうと顔を上げようとしたが、頭は青藍の肩に押しつけられているため動かすこともできない。なんとか視線だけでもそちらに向けると、そこには苦虫を噛み潰したような青藍の顔があった。

「主上？」

「……お前が何か頼ってきたと思ったら姜水月のことだったから落胆しただけだ」

「えっと、それは……申し訳、ございません？」

「謝るな」

苦々しく言う青藍に、どこからか「くっ」という笑いをかみ殺したような声が聞こえてきた。

今の声は、と春麗が不思議に思うよりも早く青藍の声が響いた。

「浩然。お前、今笑ったな」

「いえ、そのようなことは」

「……覚えておけ」

背筋も凍るような冷たい声、のはずなのに二人のやりとりがどこかおかしくてつい笑ってしまいそうになる。必死に堪えたが、そんな春麗の態度は青藍には見え見えだったようで冷たい視線が向けられた。

「春麗」

「す、すみません」

「それ以上笑うのなら、その口を俺が塞いでしまうぞ」

いいのか？と、詰め寄られればよくないとも言えず、かといって近づいてくる顔を真正面から見続けることもできず、咄嗟に青藍の肩に春麗は自分の顔を埋めた。何か言われるかと思ったが、頭上から聞こえてたのは青藍のため息だった。

「これが無自覚だというから恐ろしい」

「どういう……？」

顔を上げて青藍を窺ったが、表情からは何を考えているかわからなかった。わかったのは肩越しに見えた浩然が笑いを堪えるように口元を手で隠していることだけだった。

「何でもない。とにかく、姜水月の警護についてはこちらで手配しておくから案ずるな」

「ありがとうございます」

これで水月の身の安全は保証された。あとは水月から桃燕が関わっているという証言を得て、突きつけるだけだ。もしかしたら何か言ってくるかもしれないが、少なくとも春麗がすることに巻き込まれ、水月に危険が及ぶことだけは避けられるはずだ。

「くれぐれも無理はしないようにな」

口に出さずとも春麗の考えていることがわかるのか、青藍は苦笑いを浮かべると引き寄せた春麗の頭に自分の頭を載せた。甘えるようなその仕草に、愛おしさを感じる。

この人に恥じない自分でありたい。大切な人を守れる自分でありたい。

春麗の胸の奥に、少しずつ新たな感情が芽生え始めていた。


翌日、春麗は佳蓉と共に再び水月の姿を探していた。日差しが熱くなり太陽の位置が高くなった頃、佳蓉が声を上げた。

「ああ、いらっしゃいました」

春麗の住む槐殿から桃燕の住む梅花殿に向かう途中にある華鳳池(かおうち)の池畔(ちはん)に水月はしゃがみ込んでいた。忙しいと言っていたけれど、何かをしているようには見えなかった。やはりあれは春麗の誘いを断るための言い訳だったのだろう。

ぼんやりと池を見つめる水月は、まだ春麗と佳蓉が近くに来たことに気付いていない。さらに春麗は水月に近寄った。その時、水月の頬に痣があることに気付いた。

襦裙の裾から覗く足にもいくつもの痣が見える。古いものから最近付けられたと思われるものまで大小様々あった。

春麗が一歩踏み出した時、池畔にいた鳥たちが一斉に飛び立った。その音で水月は振り向き、ようやくそこに春麗がいることに気付いた。

「あ……っ」

「待って！　逃げないでください！」

慌てて駆け出そうとする水月の手を春麗は掴んだ。袖から覗く腕には痣だけではなく切り傷も目立つ。春麗の視線が自分の腕に向けられていることに気付いた水月は慌てて袖でそれらを隠した。

「……水月様、もう隠さないでください」

「な、んのこと、でしょう、か」

「私、全部知っています。誰が、水月様にこのようなことをしたのかも。私のために、それを黙っていてくださったことも」

「な……」

水月は一瞬言葉に詰まり、揺れる瞳で春麗を見た。そんな水月の瞳を春麗は真っ直ぐに見つめ返す。大丈夫だと、自分が守るからとそう伝えたかった。——しかし。

「春麗様は何か勘違いしていらっしゃいます」

「勘違い？」

水月の言葉は、春麗の想像とは違っていた。

「はい。……嫌がらせを受けていることはその通りです。ですが春麗様がおっしゃった『私のために』という言葉、これは違います。私は、私のために春麗様を避けたのです」

「それ、は、どういう……」

「……春麗様と一緒にいるとまた嫌がらせをされかねません。ですから離れました。それだけです」

水月の言葉に、春麗は息を呑んだが、すぐに気を取り直す。

「そう言って私を守ろうとしてくださってるのですよね」

「違います。違うんです。……もう放っておいてください」

向かい合ったまま震える声で水月は言う。言葉では否定していてもその瞳はとてもそうは言っているように思えなかった。

水月は何かを隠している。きっとそれは春麗のためを思ってのことだと思う。しかし、今の水月は教えてくれない。

「……水月様」

春麗は水月から手を離すと、自分自身の頭に刺さっている簪を引き抜いた。

　それは先日、青藍から貰った南方で加工をされたという簪だった。

　対になっている簪の片割れは、いつか水月に渡したいと思い大事にしまっていたのだけれど。

「これを受け取ってはもらえませんか」

「簪、ですか」

　一瞬、手を引こうとした水月だったが、春麗がその手に握らせると諦めたように受け取った。薄い桃色の玉がついた簪に、水月は呟いた。

「まるで春麗様のような玉ですね」

　その言葉に、春麗が何か言おうとするよりも早く「失礼します」と頭を下げ、水月はその場をあとにした。残された春麗は去って行く水月の背中を見つめることしかできなかった。

　そんな春麗に、そばに控えていた佳蓉が声を掛ける。

「戻りましょうか」

「……うん」

　先程までの水月の言葉を反芻しては、それでも信じたいと春麗は思う。

　言葉少なに歩き出す春麗に、佳蓉は寄り添うように言った。

「私、昨日の言葉撤回致します」

「佳蓉？」

思わず足を止め、後ろにいる佳蓉を見る。佳蓉は真っ直ぐに春麗を見つめていた。

「自己保身のために春麗様を避けているのだとそう言いましたが、そうではありません。きっとあの方は何かを隠しています」

「……うん、私もそう思う」

春麗自身、水月のことを信じている。きっと水月の言葉は本心ではないと思っていた。それでも僅かにあった不安な気持ちが、佳蓉が言い切ってくれたことで、幾分か紛れた気がした。

青藍の決めた期限は刻一刻と近づいている。明日中になんとかできなければ、青藍は約束通り桃燕に処刑を言い渡すだろう。春麗のために。

どうすればいいのだろう。もう一度、桃燕の元に行ったところで追い返されるのは目に見えている。水月への嫌がらせを指示、もしくは実行しているのが桃燕だという証拠をどうすれば突きつけられるのだろう。

「主上に助けて頂くわけにはいかないのですか？」

確かに青藍に頼めば証拠も何もかも揃えてくれるだろう。

しかし、それでは春麗が解決したとは言えない。

「……私、ね。主上の隣に立っても、恥じない人間になりたいの」

「春麗様……」

「後宮に来るまでの私なら、今回のようなことを解決するのは、絶対に無理だって諦めていた。私が手を出すよりも主上に全てを任せて水月様を助けてもらえれば、その方が誰にも迷惑をかけないし、いいって」

人の顔色を窺い、怯えながら生きていたあの頃なら、きっと。

「でも、どうしてだろう。今は私のせいで起きたことの責任は私が取りたい。大切な友人も私が守りたい。もう何一つとして諦めて逃げたくない。そう思うの。……我が儘だってわかっている。それでも……」

佳蓉に言いながら言葉にすればするほど、自分の我が儘でしかないのではという思いが大きくなる。春麗の気持ちよりも、今苦しんでいる水月を助けるのが先ではないか。

春麗のせいで苦しんでいるのに、自己満足のためにその苦しみを長引かせるなどあってはならないのではないか。

「そう思っていたのだけれど、やっぱり――」

「いいのではないですか？」

佳蓉の言葉と重なるようにして華鳳池の中で何かが跳ねる音が聞こえた。一瞬、意識がそちらに引っ張られ、そしてもう一度佳蓉を見た。

佳蓉の言葉は春麗にとって意外なものだった。そんな無茶はするなと、青藍に任せて春麗はゆるりと過ごすように言われるのだと思っていた。聞き返した春麗に佳蓉は優しく微笑んだ。

「そのために、主上に姜宝林様の安全をお願いされたのでしょう？」

「それは、うん。そう、だけれど」

「では、姜宝林様のことは主上を信じましょう。あの方が任せろとおっしゃったのであれば必ず大丈夫です。なにしろ、我が国の皇帝陛下ですから」

「ふふ、そうだね」

そうだ、帝国で一番の権力者に水月のことは頼んだのだ。春麗が心配することはない。今の春麗がしなければならないのは、桃燕に今までのことを認めさせること、そしてこれからは何もしないと約束させることだけだ。

「頑張らなくちゃ」

「無理はなさいませんよう。春麗様に何かあれば、私の首もきっと繋がってはいないでしょうから」

「そんなわけ——」

ないでしょと笑おうとして佳蓉の表情が真剣なことに気付く。

「え？」

その姿に青藍のことを思い出し、もしかしたら笑い事では済まないかもしれない、と背筋が震えた。春麗が表情を曇らせただけで、その元凶である桃燕を処刑しようとしたぐらいだ。春麗に何かあれば処刑どころでは済まないかもしれない。佳蓉が「九族皆殺し……」と呟いたのが聞こえて、背筋を悪寒が走った。

「……気をつけるね」

「そうして頂けると助かります」

淡々と言っているが、春麗の身を案じているのだと伝わってきた。春麗にとって青藍は大切な人だ。水月は大事な友達だ。それでは佳蓉は？　主と侍女、という立場ではあるけれど、春麗にとって佳蓉は。

隣に立つ佳蓉の姿を、春麗は気付かれないように見上げる。春麗よりも二つ年上の佳蓉はいつもしっかりしていて、後宮に来たばかりの頃から春麗を支え導いてくれている。

最初こそ佳蓉の態度にむず痒く思い、戸惑うこともあったが、今となれば侍女になってくれたのが佳蓉でよかったと思う。そう、佳蓉がいたから今の春麗がある。

「春麗様？」

視線に気付いた佳蓉が、不思議そうに首を傾げた。そんな佳蓉に、春麗ははにかみながら笑った。

「佳蓉はまるで私のお姉さんみたいだね」

「なっ……そのようなこと、おっしゃってはいけません！」

「今は誰も聞いていないから、ね」

春麗の言う通り、華鳳池の周辺に人の姿はなかった。笑顔を浮かべる春麗に佳蓉はため息を吐いた。

「聞いていなくても、口にしてはいけないのです」

「わかったわ」

佳蓉の言葉に春麗は肩を落とした。

そんなふうに叱られるとは思っていなかった。ただ友達とは違うこの関係に名前を付けようとした、それだけなのに。

落胆する春麗を見て、佳蓉は困ったように微笑んだ。

「――ですが、ありがとうございます」

「え？　今っ」

聞こえるか聞こえないかぐらいの小さな声で佳蓉が言った言葉を、春麗は思わず聞き返す。けれど。

「なんですか？」

「……ううん、なんでもない」

すまし顔で、けれど少しだけ照れくさそうな表情を浮かべた佳蓉に、春麗は首を振ると「行こうか」と襦裙の裾を翻して歩き出した。そのすぐ後ろを佳蓉もついてくる。どこかくすぐったさを感じる。しかし、これ以上その感情に浸ることはできない。春麗はまだなにもできていないのだ。

昨日と同じように華鳳池を通り過ぎると桃燕の住む梅花殿へと向かった。もう一度きちんと話をしよう。今度こそ白を切られないように。そう思う春麗だったが、梅花殿で門前払いをされた。

「お会いできないとはどういうことですか」

門前に立つ女官に佳蓉は尋ねたが、女官は頑なに首を振り続けた。

「先程もお伝えした通りです。黄昭儀様は本日はお忙しくお会いになることはできません。お引き取りください」

「確認もせずそのように言われて、引き下がれるわけがないでしょう。春麗様がお会いしたいとおっしゃっているとお伝え頂けませんか？」

「確認は必要ございません。どなたかとは違い、昭儀であられる桃燕様はお忙しい身。特に本日は主上が梅花殿へといらっしゃるのですから、その前になどお会いできるわけがございません」

「主上が？」

女官は春麗の様子を窺い見るかのように視線を向け、それから満面の笑みを浮かべた。

「ええ。主上からの達てのお申し出ということで、本日お二人でお過ごしになるそうですわ」

『主上からの達てのお申し出』を強調して女官は言った。その意図は見え見えなのだが、さすがに女官が皇帝である青藍の言葉を騙るとも思えず、春麗の胸中は穏やかではいられなかった。呆然とする春麗を女官は鼻で笑う。

「お帰り頂けますね」

女官の言葉に春麗は頷くことしかできなかった。

無言のまま槐殿への道のりを早足で歩く。一刻も早くこの場所から立ち去りたかった。梅花殿を出て、華鳳池を通り過ぎた頃、ようやく速度を落とした春麗に、佳蓉は心配そうに声を掛けた。

「春麗様、あの」

佳蓉の言葉に、春麗は足を止めた。

「……大丈夫。心配しないで」

何とか笑顔を浮かべると、佳蓉を振り返った。表情を隠すのは得意だった。苦しくても悲しくても無表情を貫き、感情を殺し生きてきた。それなのに。

「あれ？　おかしいな」

笑っているはずなのに口角が引きつる。それなら感情を押し殺してしまおう。そう思うのに、思えば思うほど眉尻が下がっていく。これではまるで泣きそうな顔だ。

「ご、ごめんね。なんか、上手く笑えなくて。その」

「……このような時まで、笑おうとしなくてよろしいのですよ」

「でも」

「無理に感情を押し殺そうとしないでください。ここには私しかおりません」

佳蓉の言葉に「ありがとう」ともう一度笑おうとし、やはり上手く笑えないまま引きつったような笑みを浮かべることしかできなかった。

「主上が黄昭儀様の元にいらっしゃるという件ですが」

「えっと、うん。しょうがないよね。主上は皇帝陛下だし、他の妃嬪に対しても平等に接しなければいけないと思うし、だから、その」

「いえ、おそらく先程のあれは黄昭儀様のお父上が関わっているのでは、と思われます」

「お父上？」

佳蓉の言葉に春麗は首を傾げた。確か、桃燕の実家は高官を輩出することで有名だと以前に佳蓉が言っていた。

「ええ。黄昭儀様のお父上からの頼みであれば、主上といえど断ることは容易ではないかと」

それはつまり、青藍の意思ではなく、政治的な意図があり桃燕の宮を訪れることになったと、佳蓉はそう言いたいのだろうか。

「で、でも。もしかしたら本当に主上が望まれたのかも」

「あり得ません」

「どうしてそう言い切れるの？」

「逆に、どうして春麗様は主上がそう望まれたのだと思われるのですか？　まさかと思いますが、主上のお気持ちがおわかりになっていないなどと言うのではございませんよね」

そう言われてしまうと、春麗は何も言えなくなる。青藍が度々春麗の宮を訪れているのは事実だ。

さらに、今までは他の妃嬪の宮を訪れるようなこともなかったと水月が言っていた。

それはつまりほんの僅かではあるかもしれないが、春麗のことを特別に想ってくれているということだと、思ってもいいのだろうか。

黙り込む春麗に佳蓉は深々とため息を吐いた。

「春麗様、さすがに主上がお気の毒です」

「佳蓉！　誰かに聞かれたら不敬に」

「ですから、周りにはどなたもいらっしゃらないので大丈夫です」

すでに華鳳池からさらに奥へと歩いている。これ以降にある宮は春麗の住む槐殿以外には古びて今は誰も住んでいないような殿舎ばかりだった。

「だからって」

「春麗様。私の目には主上は春麗様を愛おしく思っておいでのように映ります」

はっきりと言い切る佳蓉を前にし、春麗は再び口を閉じた。そうであって欲しいと思う気持ちと、自分などが誰かから愛されるなど有り得ないと思ってしまう気持ちがせめぎ合う。

愛されたい。しかし、長年染みついた価値観というのはそう簡単に変えられるものではない。春麗には自分が他人から愛されているという自信がない。

「不安であれば主上にお尋ねしてみるのはいかがでしょう」

「尋ねるって、何を？」

「そうですね。例えば『私のことを愛しておいでですか？』ですとか」

「そ、そんなこと無理に決まっているわ」

考えただけでも頬が熱くなる。実際に青藍に面と向かって言うなど春麗にはできそうになかった。そんな弱気な春麗を佳蓉は咎める。

「ですが春麗様は不安なのでしょう？　であれば、その不安は主上に解消して頂くよりございません」

佳蓉の言うことは最もなのかもしれないが、春麗にその課題は難しすぎる。それに、今はそれどころではない。今、春麗がすべきことは水月に対する嫌がらせが桃燕からだということを認めさせ、やめさせることだ。

今は青藍の命で守られてはいるが、いつまでも甘えるわけにはいかない。それに春麗に与えられた期間は三日。明日がその刻限なのだ。

なんとかできるつもりでいた。なんとかしたかった。なのに結局、何もできないまま時間だけが過ぎていく。

「春麗様？」

「……うん。佳蓉の言うことはわかるの」

「では！」

顔を輝かせた佳蓉に「でも」と春麗は首を振った。

「今は、聞かない」

「何故です？」

「今、私がしなければいけないのは、水月様をお助けすることだから」

「あっ」

春麗の言葉に、佳蓉は顔を青ざめ頭を下げた。

「申し訳ございません。私……」

「頭を上げて。大丈夫だから。でも、せっかく言ってくれたのにごめんね」

申し訳なさそうにする佳蓉に気にしないように言うと、春麗は槐殿へと戻った。佳蓉は先程の失言を気にしてか「夕餉を取りに行くその足で姜宝林様のご様子を見てきます」と殿舎をあとにした。

一人残された春麗は長椅子に座るとため息を吐いた。今頃、青藍は桃燕と一緒なのだろうか。二人でどんな話をしているのだろうか。ここで春麗にしたように、桃燕の頭を引き寄せそして――。

「っ……」

二人の様子を想像するだけで胸が苦しい。春麗は夾衣の胸元をぎゅっと掴んだ。せっかく佳蓉が綺麗に着付けてくれた襦裙が台無しだ。

「最低ね」

こんな時に一体何を考えているのだ。誰のせいで水月が嫌がらせを受けていると思うのだ。こんな時まで自分の感情を優先させるなどさもしいにもほどがある。頭ではそう理解しているのに、心がついていかない。

「主上……」

長椅子の肘置きに春麗は頭をもたれ掛けた。簪を外したせいで、乱れたのか髪の毛が頬に落ちる。払いのけるために腕を上げるのも億劫だった。春麗は重い瞼を閉じると、そのまま眠りについた。

目が覚めると辺りは薄暗かった。今はいつの刻だろうか。夕餉を取りに行くと言っていた佳蓉は戻ってきたのか。そもそも自分はどうして臥牀に横たわっているのだろう。

まだ覚めきらない頭をなんとか覚醒させながら、春麗は身体を起こした。襦裙だったはずだがいつ着替えたのか、被衫を身に纏っていた。

どうなっているのだろう。臥牀を出ると春麗は小窓を開けた。闇が残る中、東の空に啓明が輝いているのが見えた。間もなく夜が明けるのだろう、真夜中の暗さとは違い、青みがかり明け始めた空は、昼間に見えるそれよりも綺麗に見えた。

「綺麗……。って、もうすぐ朝？　え、嘘。どうして？」

夕餉を食べるどころか、朝まで眠ってしまっていた。驚きを隠せずにいる春麗の耳に、何かが擦れるような音が聞こえた。

「誰？」

「春麗様、お目覚めですか」

音の正体は佳蓉だったようで、扉が開き顔を覗かせた。

「佳蓉？」

「おはようございます」

「おはよう。私、いつの間にか眠ってしまっていたみたいで」

「起こしはしたのですがお疲れのご様子で。着替えて寝る、とのことでしたのでそのようにさせて頂きました」

「そう。うん、ありがとう」

昨日は水月を探し回り、そのあと梅花殿へと向かったこともあり疲れていたのだろう。言われて見れば、確かに佳蓉にそんなことを言ったような、気がする。せっかく夕餉を取りに行ってくれたというのに申し訳ないことをしてしまった。

ふう、と息を吐いた春麗の頬に、先程開けた小窓から入ってきた風が触れる。

被衫に着替えていたとはいえ、まだまだ暑いこの季節。じっとりと汗を掻いたのか湿っぽくなっている。妙にべとつく被衫に眉をひそめ、それからそんなことを思ってしまう自分自身に笑ってしまった。

生家にいた頃は、これくらいのべとつきはいつものことだった。井戸で身体を洗うのだってよくて数日に一度だった。それなのに今ではたった一日沐浴(もくよく)できないだけでべとつきが気になるとは。

被衫に手をかけたまま動作が止まった春麗に気付いたのか、佳蓉が声を掛けた。

「春麗様、沐浴の準備を致しますので申し訳ございませんが、もう少々そのままお待ち頂けますか？」

「うん、ありがとう」

必要ないと断ることもできたが、春麗は位階はないとはいえ青藍の妃嬪だ。いつ宮を青藍が訪れるかわからない以上、毎日清潔にしておくことは最低限のたしなみであった。

そしてそれをさせないことは、侍女である佳蓉が責められることを、春麗は知っていた。

佳蓉が準備してくれた湯涌で頭と身体を洗い、浴槽で身体を温める。本来であれば四夫人や九嬪といった上級妃の使う殿舎以外に風呂はない。下級妃や女官は決められた時間に浴場で頭や身体を洗う。湯には数日に一度入れるとのことだった。

しかし、春麗の住む槐殿はその昔、上級妃が住んでいたらしく湯殿が備え付けられていた。おかげで湯を沸かしさえすれば、殿舎にいながら沐浴ができるというのはありがたい限りだった。

べとつきもなくなり、身体を拭いた春麗は真っ白な衫を身につけた。いくら空が白んできているとはいえ、朝餉の時間にはまだ早い。

日が昇ると共に働き出す女官や宦官たちもさすがにまだ寝静まっている頃だ。今も湯殿の扉の前で控えているであろう佳蓉もそうだ。

普段であればまだ眠っているはずの時間に、自分のせいで起こしてしまったことを申し訳なく思う。春麗が疲れていたのであれば、同じだけの道のりを歩いた佳蓉も疲れていただろうに。

そうだ、まだ眠いことにしてもう少し休ませてあげよう。春麗はそう決めると衫のまま湯殿を出た。

「春麗様、お着替えは」

「もう少し休もうかなって。だから佳蓉も私のことは気にせず眠ってくれて大丈夫よ」

「ですが」

「まだあと半刻は眠れるでしょ。私のせいで起こしてごめんね」

春麗が微笑むと佳蓉は申し訳なさそうな、けれど少し安心したような表情を浮かべていた。わざとらしく欠伸(あくび)をすると春麗は臥牀へと戻った。

本当に眠くなってきた。半刻ほどではあるけれど眠ってしまおう。身体が温まったからか、瞼を閉じてうつらうつらし始めた頃、俄に外が騒がしくなった気がした。何かあったのだろうか。佳蓉に確認しようとして身体を起こしたその時、部屋の扉が開き佳蓉が飛び込んできた。

「しゅ、春麗様。お召し物を」

「どうしたの？」

「い、今」

「先触れなしに失礼するぞ」

「あ──」

佳蓉の声を遮るようにして現れたのは青藍だった。普段着ている黄袍ではなく、袍衫を纏っただけの軽装だった。とはいえ、衫姿の春麗ほどではない。慌てて衾(ふすま)を引き寄せ身体を隠した。

「あー……その、すまない」

春麗の様子に、ようやく我を取り戻したのか青藍は気まずそうに顔を背けた。春麗はひとまず衾を背中から羽織ると、青藍を見ずに口を開いた。

「どうなさったのですか」

「……俺が、俺の妃に会いに来て問題があるのか」

「問題はございませんが、まだ日も昇らぬ頃。何かあったのかと思いまして」

「……ったからな」

「え？」

青藍がポツリと言った言葉が春麗には聞き取れなかった。

春麗が聞き返すよりも早く、青藍は春麗の臥牀に近づくとその縁に腰掛けた。音を立てて臥牀が軋む。

「あ、あの」

「顔が見たかっただけだ」

「主上……」

まさかそのような言葉をきくとは思ってもみなかった。春麗は頬が熱くなるのを感じる。青藍は片手に体重をかけると、反対の手を春麗の頬に伸ばした。指先が頬に触れ、思わず肩が震える。そんな春麗を見て青藍は笑った。

「お前はいつまで経っても慣れないな」

「も、申し訳ありません」

「謝らなくていい」

青藍は春麗の唇を親指でなぞるともう一度笑った。

そのあと、青藍は本当に顔を見に来ただけのようで日の出と共に自分の宮へと戻って行った。

「一体何だったんだろう」

「先程もおっしゃってらしたじゃありませんか。春麗様のお顔が見たかった、と」

「で、でもたった一日会えなかっただけなのに」

運んできた朝餉を小卓に並べながら佳蓉は言う。

「ええ。ですから、昨日お会いできなかったことを大変悔やんでいたそうです」

そういえば、昨日は青藍が槐殿に来ることはなかった。桃燕と過ごす、と言っていたからおそらくそのせいで――。

「昨日は大変だったそうですよ」

「え？」

「浩然様が先程おっしゃっておられましたが、やはり黄昭儀様がお父上に頼まれたようで、無理矢理予定を入れられたそうです。主上も無下にはできず昼は黄昭儀様と、そして夕餉は黄昭儀様のお父上とご一緒だったようで、ただひたすらに眉をひそめたまま時間が経つのを待っていらしたようです」

「そう、なんだ」

春麗は青藍が桃燕と共に過ごしたけれど楽しんでいなかった、ということに安堵する自分がいることに気付いた。

いつから自分はこんな嫌な人間になってしまったのだろう。人の不幸を喜ぶような嫌な人間に。

「でもよかったですよね」

「佳蓉？」

だから自分が思っていたことを佳蓉が口に出したことに春麗は驚きを隠せなかった。

「な、何を言っているの。よかったなどと、そんな」

「どうしてです？　では春麗様は主上が黄昭儀様とご一緒に過ごされて楽しまれた方がよかったとおっしゃるのですか？」

「そういうわけでは、ないけど」

思わず正直に言ってしまった春麗に佳蓉は微笑んだ。

「好きな人が他の女性と共に過ごすことに、心穏やかでいられる人間など一人もおりません。相手がたとえ主上だったとしてもです」

「え……？」

佳蓉の言葉の意味が一瞬理解できなかった。

好き？　誰が？　誰を？

「私が——主上を？」

好き。

口に出した瞬間、その言葉がすとんと胸の奥深くに下りてきた。まるで最初からそこにあったかのように、ずっとそこにいたかのように。

「この感情が、好き？」

青藍のことを考えると心臓の鼓動が早くなる。触れられると頬が熱くなる。

青藍が他の妃と一緒にいたかと思うと、胸の奥が痛くて苦しくて泣きたくなる。そんな感情の名前が、好き――。

「で、でも私なんかが主上を好きになって本当にいいのかな」

「『私なんか』とおっしゃるのはおやめください。それに、誰かが誰かを想う気持ちというのは他人には干渉することのできない、大切なものなのです」

「佳蓉……」

呪われた目を持つ自分が、誰かを好きになってもいいと、そう言うのだろうか。人の死に一番近い呪われた自分が、本当に好きになっても、いいのだろうか。

「たとえ誰かが否定したとしても、春麗様だけはその気持ちを否定しないであげてください。春麗様がご自分のことをお好きではないことを知っています。でもきっと、誰かを好きになれるということは、自分のことも好きになれるとそう思うのです」

佳蓉は春麗の金色の目を真っ直ぐに見て微笑みかけた。

ずっとこの目が怖かった。呪われた金色の目が。

どうしてこんな目があるのかと恨んだことは数え切れない。なのに、自分自身が受け入れられなかったこの目を、青藍だけは最初から受け入れてくれた。

もしかしたらあの日、この目にかかった呪いを知ってもなお受け入れてくれたあの瞬間から、春麗は青藍に惹かれていたのかもしれない。

「うん、もう否定しない。私は主上が好き」

「そのお気持ちを是非、主上にお伝えください」

「そ、それは……ちょっと……」

口ごもる春麗に何を勘違いしたのか、佳蓉は「確かに、こういうことは男性の方から言って頂きたいものですよね」と難しい表情を浮かべてブツブツと言っていた。

矛先が変わったことに安堵し、春麗はすっかり冷めた朝餉に手を伸ばす。今頃青藍も朝餉を口にしているのだろうか。

「いつか一緒に朝餉が食べられたらいいな」

思わず口をついて出た言葉に、佳蓉は嬉しそうに手を叩いた。

「そのためにはやはり同衾して頂くのが一番かと！」

「も、もう！　朝から何を言ってるの！」

「ですが――」

「佳蓉の馬鹿！」

春麗は匙を手に取ると粥を掬い口に入れた。突然怒られた佳蓉は理由がわからないと言いたげに首を傾げ「何を怒ってるのですか？」と真剣に尋ねてきた。

槐殿で賑やかな朝餉の時間が流れる頃、後宮ではちょっとした騒ぎが起きていたのだが、二人はそれを知るよしもなかった。

第四章　呪われた少女と恋敵

梅花殿の宮女（きゅうじょ）たちの朝は早い。専用の厨では日の出と同時に朝餉の準備が進められる。

主である桃燕が目覚める前に朝餉、そして梅花殿の中にある庭園の手入れを行わなければならなかった。

その日も庭園の手入れをし、門を開け辺りの掃除を始めた。このあと朝餉を持っていくのがこの女官――林香雪（りんこうせつ）の仕事だった。

箒を手に持った香雪はふいに梅花殿の近くを通り抜ける人影に気付いた。袍衫を纏ってはいるが、あれは。

「主上？」

慌てて香雪は頭を下げ拱手の礼を取った。昨日、梅花殿を青藍が訪れたおかげで主である桃燕の機嫌は頗る（すこぶる）よかった。翌日である今日も、それもこんな時間から青藍が訪れたと知ればきっと喜ぶだろう。

だが、頭を下げる香雪に気付くことなく、侍従共々立ち去っていった。残念ながら梅花殿へ来たわけではなかったようだ。ため息を吐いていると、顔見知りの宦官が通りかかった。

「李大建（りたいけん）！」

「ああ、なんだ香雪か」

香雪は左右を見回すと、大建に手招きをする。大建は不思議そうに首を傾げながら香雪の元へと向かってきた。

「どうした？」

「さっきここを主上が通りかかったの」

「後宮に主上がいたとしても不思議ではないだろ」

「そうではなくて！　こんなに朝早くにいらっしゃるなんて変じゃない。まるで――」

その言葉の続きを香雪は口にすることを躊躇った。後宮からこんな時間に主上である青藍が立ち去るなど、理由は一つしかない。また、その相手が主である桃燕ではないことを香雪はよく知っていた。

こんな話を耳に入れればきっと桃燕は不機嫌になり、その苛つきをまた誰かにぶつけるのだろう。

最近は梅花殿の宮女以外を標的にしているらしいが、何がきっかけでその標的が入れ替わるか、そして自分の方に向くかわからない。

変なことには首を突っ込まないに限る。

「ねえ。さっきの話、誰にも言わないでよ」

「なんで？」

「いいから。それが一番平和なの。わかった？」

「何がわかった、なのです?」

真後ろから聞こえた声に、香雪の喉がひゅっと鳴った。

この、声は。

恐る恐る振り返ると、そこにはこの梅花殿の主、黄桃燕の姿があった。慌てて拱手の礼を取る香雪の頭上に、桃燕の冷たい声が降り注がれる。

「何が『わかった』なのかと聞いているのです」

「それ、は」

そもそもどうして桃燕がこんなところにいるというのか。いつもであれば自分の部屋で香雪たち女官が準備した朝餉を食べて——。

その瞬間、自分のした失態に気付いた。桃燕も香雪が思い出したことに気付いたのか「ふう」と困ったようにため息を吐いた。

「いつもであれば準備されるはずの朝餉はなく、何故か女官たちはそわそわして落ち着かない様子。何があったのかと聞けば掃除に行ったはずの香雪が戻ってこないと。心配してきてみれば」

冷たい視線を香雪と、そして大建に向けた。その視線の意味を理解するまでに数秒かかり、わかった瞬間香雪は慌てて声を上げた。

「ち、違います。大建は偶然、先程通りかかって、その」

「香雪。あなたも女官とはいえ妃嬪の一人。何をしていたか今回は咎めませんが、身持ちをきちんとなさい。私の女官が宦官と逢瀬をしていたなど、ああ恥ずかしい」

「で、ですから」

香雪は泣きそうになりながら必死に否定する。

このまま誤解されるぐらいなら、先程青藍を見かけたことを言ってしまおうか。しかし、そうすればこのあと桃燕の機嫌が悪くなることは目に見えている。しかも香雪が黙っていたことがわかり、叱責されること間違いない。

どうするのが正解なのか。香雪が悩んでいると、大建のしらっとした声が聞こえた。

「そういうのではございません。先程、そこを主上が通られたので、何があったのか確認しようと思って香雪は俺に声を掛けただけです」

「主上が？　嘘だったら承知しないわよ」

「本当ですよ。ただ、どこに行かれたのか自分にもわからず、香雪は不確定なことを黄昭儀様にお伝えする訳にもいかないと悩んでおりました」

大建の言葉に桃燕は少し考えるような表情を浮かべたあと、そばに控えていた桃燕の侍女の周笙鈴に耳打ちをした。

おそらく青藍が何処に向かったのか、何のために後宮に来ていたのかを探らせるのだろう。笙鈴は桃燕に頷くと梅花殿を出て行った。そして。

「香雪」

「は、はい」

桃燕の自分を呼ぶ声に香雪は姿勢を正した。

「今、この者が言ったことは本当？」

香雪の背中を冷たい汗が伝う。

嘘ではないが、全てが本当ではない。大建は香雪が桃燕に咎められないように、と真実に嘘を混ぜた。主に嘘をつくなど、有り得ない。有り得ないけれど。

「……はい」

ぎゅっと握りしめた掌に爪が食い込んだのがわかった。桃燕は香雪の返答に少し考えてから言った。

「……そう。次があれば自分で判断せず、誰かに報告しなさい」

「は、はい」

「それから」

桃燕は香雪に背中を向ける。襦裙の裾が翻り、裾に刺繍された蓮の花が舞い上がったように見えた。

香雪がそれに見惚れている間に桃燕は言葉を続ける。

「早く仕事に戻りなさい」

それだけ言うと桃燕は正殿へと戻っていった。呆けている香雪に「さっさと行け」と大建が声を掛ける。その声に慌てて立ち上がると、香雪は桃燕を追いかけた。

持ち場に戻ると先輩女官たちに頭を下げる。みんな「気にしなくていいよ」とか「怠けるならもっと上手くやりな」などと笑うので「違いますよ！」と慌てて否定した。

そのまま朝餉の片付けをして少し休憩していると、桃燕と筐鈴が庭を歩いているのが見えた。

どこかに行くようで楽しそうに話している。拱手の礼を取り二人が通り過ぎるのを待っていると香雪の頭上で声がした。

「ねえ、香雪」

「は、はい」

その声は妙に機嫌良く聞こえた。恐る恐る顔を上げた香雪に桃燕は話を続ける。

「今朝のこと、あなたは本当に私に伝えようとしたのよね？　まさかと思うけれど、主上が通りかかったことを私に言わずにおこうと思った、なんてことはないわよね」

香雪の頬を冷や汗が伝った。「違い、ます」と震える声で言うと、桃燕は納得したのかしないのか「ふーん？」とクスクス笑っていた。

「ねえ、私たち今から華鳳池に行くの」

「そう、なのですか」

「ええ。ちょっと楽しいことをしようと思ってね。香雪、あなたもどうかしら？」

本能的に一緒に行ってはいけないと、そう感じたが、主の命を一介の女官である香雪が断ることなんてできるわけがない。

「お供、致します」

香雪の返事に、桃燕は嬉しそうに口角を上げた。

梅花殿から程近くにある華鳳池。一周回るのに数刻はかかるその池の真ん中には島があり、華鳳亭（かおうてい）が建っている。

池の周りには花々が咲いており、ここで花見をすることもあるが、今日の桃燕たちは何の準備もしていない。

ならば、そこで何をしようとしているのだろう。疑問はあるが、香雪には尋ねる権利などない。

暫く歩くと、桃燕の嬉しそうな声が聞こえた。

「いたわ」

その声に、何がいたのかと視線を動かす。もしかして、動物でも迷い込んでいたのだろうか。しかし、桃燕の視線の先にいたのは動物ではなく華鳳池の畔に座り込む女官の姿だった、あれは、確か。

「姜宝林をあなたは知っているかしら」

桃燕の言葉に香雪は頷いた。そうだ、姜水月だ。尚服局に属し服飾を担当する水月に、一度桃燕の襦裙のことで相談に行ったことがあった。

「姜宝林様とお親しいのですか？」

楽しげにその名を口にする桃燕に香雪は尋ねた。

昭儀である桃燕と宝林である水月。二人に関係があるとも思えないが、もしかすると位階とは関係なく、親しくなるような何かが二人の間にはあったのかもしれない。

香雪の言葉に桃燕は可笑しそうに笑ってみせる。

「私が、姜宝林と？　そんなことあるわけがないでしょう」

ならば何故、先程あんなふうに水月のことを見ていたのだろう。不思議に思う香雪の疑問に答えることはなく、桃燕は言う。

「あの人に罪はないの。でも、友の罪はその人の罪も同然でしょう？」

その言葉に、水月が青藍のお気に入りである楊春麗と懇意にしていると耳に挟んだことを思い出した。

そうか、それで。

ようやく得心がいった。友の罪、と桃燕は言った。つまり、春麗の無礼さを友である水月に償えとそういうことなのだ。

桃燕はにたりと笑うと、香雪の顔を覗き込んだ。

「今朝のこと、私はもう気にしていないのだけれど、女官たちの中にはあなたのことを疑っている者もいるわ。宦官と逢瀬をしていただけでなく、主である私に対し何かよからぬことを企んでいるのではないかって」

「そ、そんな！　私は何も！」

「わかっているわ。あなたがそんなことを思うわけがないって。あなたは私の忠実な女官だってね」

言外の意味がわかってしまった。香雪は震える手を反対の手で押さえつけると、桃燕に頭を下げた。

「何をすれば、よろしいでしょうか」

「ふふ、賢い子は好きよ。そうねえ。香雪、姜宝林を見て。あの人の頭に分不相応な簪がついていると思わない？」

言われてよく見ると、確かに水月の頭には何かの玉が埋め込まれた綺麗な簪があった。分不相応かどうかは別として、あの玉が本物だとすればかなり高価な簪だ。

「宝林の頭にあんなものいらないわよね」

「そう、ですね。桃燕様に献上するように伝えましょうか」

「私はあんなものいらないわ」

吐き捨てるように言われ、香雪は答えを間違えたことに気付く。そうだ、桃燕はあれが欲しいわけではない。水月があの簪をつけていることが気に食わないのだ。

「失礼致しました。それでは、あの簪を二度と付けることができないようにする、というのはいかがでしょうか」

「ふうん？　どうするの？」

嬉しそうに言う桃燕の姿に、香雪は昔見た光景を思い出した。

下級官吏の娘である香雪の実家は庶民と大差ない暮らしをしていた。山に入り、庶民の子供たちと一緒に山菜採りをすることもあった。

山には山菜だけでなく野ウサギや雉(きじ)もいて大人たちが狩りをしていたため、至る所に罠が仕掛けられていた。

ある日、いつものように香雪たちが山に入ると、罠の中に一匹の仔ギツネがいた。あまりの可愛さに香雪は罠から出してやりたくなったほどだ。しかし、周りの子供たちの反応は違っていた。

一人が木の枝を取ってくると、罠の隙間から仔ギツネに突き刺した。嫌がる様子を見て子供たちは笑う。一人、また一人と枝を持ってきては仔ギツネを枝で突き刺す。避ければ怒り、悲鳴のような鳴き声を上げれば手を叩いて笑う。抵抗できないモノを甚振り笑う姿に、香雪は幼いながらに人間の恐ろしさを学んだ。

目の前にいる桃燕は、その時の子供たちと同じ表情を浮かべていた。そして情けないことに、あの時もそして今も、香雪は止めることができないままだった。

「簪を、華鳳池に投げてしまおうかと思います」

それどころか、率先して甚振る役をやろうとしているのだ。自分の意思ではないと、逆らえないのだと言い訳までして。

「まあ、神聖なる華鳳池に簪を投げ込むなんて」

「あ、も、申し訳ございません」

お気に召さなかったのか、と慌てて謝罪する香雪に、桃燕は満面の笑みを浮かべた。

「なんて楽しそうなことを思いつくのかしら」

「え？」

「取りに入りでもしたら、一大事だわ。内侍に言って処分して頂かなければならないわね」

そうなれば嬉しいと言わんばかりの反応に、香雪は胸をなで下ろした。

「私はここで見ているわ」

桃燕はいつの間に準備をさせたのか、笙鈴が用意した敷物の上に腰を下ろした。木陰のそこは、ちょうど水月のいる場所が一望できる場所だった。

もう後には引けない。ごくりと唾を飲み込む音が妙に大きく聞こえた。

小さく息を吐き出すと、香雪は水月のいる場所に向かって歩き出した。

「姜宝林様」

「え？」

香雪の声に、水月は驚いたように顔を上げた。

一瞬、考えるような表情を浮かべたあと「林香雪様、でしたかしら？」と香雪の名を呼んだ。

「ええ、そうです。こんなところでどうされたのですか？」

「あ、いえ。その、華鳳池を見ていました」

質問と答えがかみ合っていない気がするが「そうですか」と香雪は微笑んだ。隣にしゃがみ込むと、水月と視線の高さを合わせ華鳳池を見る。

「何か面白いもの……。いえ、魚が泳いでいたぐらいです」

「面白いものでもありましたか？」

「魚……」

そんなものを見て何が楽しいのか香雪にはわからない。そっと視線を元いた場所に向けると、笑顔を浮かべる桃燕の姿が見えた。笑っているはずなのにどうしてだろう。

「さっさとやりなさい」と言われている気になるのは。

香雪は水月の頭に視線を向けると、不自然にならないように口を開く。

「あら。姜宝林様、素敵な簪をつけていらっしゃいますね」

「え、あの」

「ご実家からですか?」

香雪の問い掛けに、少し躊躇ったあと、水月は首を振った。

「いえ、あの、頂き物、なのです」

「そう、なのですね」

意外だった。水月に簪を送るような相手がいただなんて。遠目で見ていた時も玉が高価そうだと思ったけれど、近くで見ると玉だけでなく施された細工まで美しいそれは、香雪はもちろん、水月が持つにも分不相応なものだ。

そこまで考えて、もしかしたらこれは春麗と仲がいいということで青藍から賜ったのではないかと思い至った。

だからこそ、桃燕の怒りを買ったのだ。付き合う人を選ばないからこんなことになってしまうのだ。

――だから、私は悪くない。これは仕方ないことなのだ。

香雪は自分に言い聞かせると、笑顔を浮かべた。

「そんな素敵な簪をくださるなんて素敵な方ですね」

わざとらしい香雪の言葉にも水月は嬉しそうに「はい」とはにかんだ。

「でも本当に素敵ですね。私には一生かかっても手にできないような簪です」

悲しそうに言う香雪に、水月は戸惑いを隠せない。基本的に水月はいい人なのだ。

知り合うきっかけとなったあの時も、桃燕の襦裙の汚れが落とせないと落ち込んでいた香雪に、「手伝いましょうか？」と、水月は声を掛けてくれた。他の女官たちは、同じ宮の者でさえ見て見ぬふりをしていたというのに、それまで一度も話したことのなかった水月だけが優しかった。

だから香雪はわかっていた。

「一度でいいから、手に取って見てみたい……」

悲しげに言う香雪に対して、水月がどういう答えを返すかを。

「……手に取って、みますか？」

「いいのですか？」

「はい」

パッと顔を輝かせて見せた香雪に、水月は器用に簪を外すとその手に載せてくれた。

簪は金でできており、先端に薄い桃色の玉が埋め込まれている。飾りにしてある細工を見ても、玉を見てもそれがどれほど高価なものか一目でわかった。

簪を持つ香雪の手が震える。これを今から、華鳳池に投げ込むのだ。

「香雪様？」

簪を見つめたまま黙り込んでしまった香雪に、どうしたのかと水月は首を傾げる。

それは、簪がどうかされるのではという不安ではなく、純粋に香雪を心配してのものだった。

香雪の胸に罪悪感が広がる。けれどもう、後戻りはできない。

簪をぎゅっと握りしめると、勢いよく香雪は立ち上がった。

そして――。

「っ――」

力一杯、腕を振り上げると簪を華鳳池に投げ込んだ。

隣で、水月が息を呑んだのがわかったが、香雪はそちらを見ることができなかった。

＊＊＊

もう一度、桃燕と話をしよう。青藍が槐殿をあとにし、一人になった春麗は佳蓉に結ってもらった頭に刺さる簪に触れた。

水月に渡したものと対になる簪。薄い水色の玉がついたこれを、本来であれば水月に贈るはずだった。それが、とっさに渡したことで簪が逆になってしまったのだが、これはこれでいいのではないかと思っていた。

水月を連想させる玉のついた簪を春麗が、春麗を連想させる玉のついた簪を水月が持つ。これほど素敵なこともないだろう。

水月は渡した簪を使ってくれているだろうか。

「使ってくれているといいなぁ」

きっとあの簪は水月に似合うと思う。桃燕のことを解決して、また前のように水月と共に過ごせるように、今は頑張らなければ。

槐殿を出て佳蓉と共に梅花殿へと向かう道すがら、華鳳池を通りかかった時のことだった。どこからか誰かの笑い声が聞こえた。

聞き覚えのある声に辺りを見回すと、木陰に桃燕の姿があった。敷物を敷いているところを見ると、華鳳池の畔で花見をしているのだろうか。

梅花殿まで向かわなければ、と思っていたので、その手前にある華鳳池で会えたのはちょうどよかった。

「黄昭儀様」

どうやら桃燕は春麗に気付いていなかったようで、声を掛けると驚いた表情でこちらを振り返った。何かを言おうとするかのように口を開いた桃燕は、何故か満面の笑みを浮かべた。

「あら、楊春麗様。こんなところでどうされたのですか？」

今から桃燕に会いに行くところだった、と言えば桃燕は機嫌を損ねるかもしれない。何が理由かはわからなかったが、せっかく機嫌がいいのだ。このまま穏便に話を進めたい。

「黄昭儀様は何をなさっていらっしゃったのですか?」

「私? ふふ、私は見ての通りここで花見をしていました。今日は風が涼しいので、こうやって木陰で過ごすのが心地いいのです」

おかしい。今日の桃燕は徹底的に機嫌がいいようだ。そしてそれは、春麗にとって好都合だった。このまま水月への嫌がらせの件に話を移してやめてもらうように頼もう。青藍の言った三日目は今日なのだ。これ以上の猶予はない。

「あの」と、春麗が話を切り出した時、可笑しそうに桃燕は華鳳池の畔を指さした。

「ほら、他にもいらしてる方がおられますわ。ですが、あの方は少し羽目を外しすぎているようですわ」

「え?」

その言葉に導かれるようにして春麗は華鳳池の畔に視線を向けた。そこには口元を押さえ呆然と華鳳池を見つめる女官とそれから――。

「水月、様……っ」

襦裙姿のまま、華鳳池の中央へと進んでいく水月の姿があった。

水の中に入っていく姿にも驚きを隠せなかったが、それ以上に水月の顔に浮かぶ死の文字を見て春麗は言葉を失った。

「どうして……」

昨日会った時は水月に死の文字は見えてはいなかった。それなのに今は黒々とした文字で『水死』と書かれているのが見える。このままでは水月は、あの冷たい池の中で、死ぬ。

春麗の『どうして』という言葉を、何故水月が華鳳池へと入っているのか、という意味に受け取ったのだろう。

心配そうな口調ではあるが、冷笑を浮かべた頬に指を当て、首を傾げながら桃燕は言う。

「どうやら先程、何かを池に落とされたようです。大事なものだったのでしょうか」

「何かって……」

一体何を落とせば、あんなふうに池の中に入っていってしまうのか。いや、それよりも落としただけならあんなに中まで入っていく必要はない。手を滑らせただけであれば浅瀬に落ちているはずだ。

「頭を押さえていたので何か装飾品を落とされたのかもしれませんね。櫛(くし)、もしくは——簪、とか」

「……まさか」

さすがにそこまでのことをするわけがない。そう思いたかったが、桃燕の表情を見た瞬間、春麗の手は震えた。その表情を春麗はよく知っている。そう、それは花琳が春麗を嬲る時と同じ、意地悪くけれど楽しくてしょうがないというような表情だった。

「嘘、ですよね」

「何のことでしょう？　私にはさっぱりわかりませんが」

「あなたがやったのですか？」

「ですから何のことでしょう？　それ以上は不敬ですよ」

咎めるような桃燕の言葉を無視すると、春麗は震える手を握りしめ水月の方へと向かった。

池の畔に立つ女官は「お戻りください！」と泣きそうな声で水月に呼び掛けていた。

「何があったの!?」

「よ、楊春麗様……」

「水月様に何があったの！」

「わ、私は……何も……」

「もういい！」

「春麗様！　いけません！」

佳蓉の静止を無視すると、春麗は水月を追いかけて華鳳池の中へと足を踏み入れた。浅く見えたがすぐに水嵩は春麗の胸元まで達した。足下は滑りやすく勿頭履では歩きにくくて仕方がなかった。それでも、春麗は水月の元へと必死に歩いた。

「水月様！　戻ってきてください！　水月様！」

一瞬、水月の動きが止まった気がしたが、振り返ることなく水月は進んでいく。春麗もそのあとを必死に追いかけた。

足下に何かが触れ、身の毛がよだつ。水を吸った襦裙はあまりに重く歩きにくい。それでも今ここで立ち止まるわけにはいかなかった。

池の中央辺りまできた頃、ようやく水月が歩みを止めた。いや、歩みを止めたというより、あれは——。

「水月様！」

力尽きたのか、それとも何かに足を取られたのか、水月の身体が力なく水中へと沈んでくのが見えた。

「あ……あぁ……っ」

背筋が凍り付き、全身が震えて足が動かなくなった。水月の顔面に見えた死の文字が頭を過った。このままではきっと、水月は水死してしまう。そしてそれを春麗は、何もできないまま、この場所からただ見ているだけ——。

『お前のおかげだ』

瞬間、春麗の耳に、青藍の言葉が聞こえた気がした。

そうだ、この力は人の死を予言するためだけじゃなくて、死を回避することも、できる。

「待ってて下さい……っ」

春麗はどうにか必死に水月の沈んだ場所までたどり着くと、躊躇うことなく水中に身体を沈めた。

どこ……。水月様、どこに……。

「……っ！」

春麗の手が、水月の肩を掴んだ。

「水月様！」

「げほっ……ごほっ……。ぐっ……はっ……」

「水月様！　大丈夫ですか!?　水月様！」

「しゅん、れ、い……さ、ま……」

「よか……った……」

びしょ濡れになり、涙と鼻水でぐちゃぐちゃになった顔で水月は春麗を見上げる。

その顔からは、死の文字は消えていた。春麗はほうっと息を吐いた。

どうやら水月の死は回避できたようだった。

春麗の腕を必死に掴む水月の手には、春麗の髪に刺さる簪と対になるものがあった。やはり桃燕はこれを華鳳池に投げたのだ。いや、投げたのは池の畔に立ち尽くしていた女官かも知れない。けれど、命令し投げ入れさせたのは間違いなく桃燕だ。

「水月様、戻りましょう」

春麗の言葉に水月は無言のまま頷いた。震える肩をそっと抱き、春麗は水月と共にゆっくりと畔へと戻っていく。

「申し訳、ありま、せん」

「水月様は何も悪くありません」

「ですが……私は……」

水月の濡れた頬に涙が伝う。その姿に春麗は怒りを覚えた。これほどまでに誰かを憎いと思ったことは初めてだった。父や義母、花琳にどれほどのことをされても、これほどの怒りを感じたことはなかった。

佳蓉に手を引いてもらい、春麗と水月はなんとか池から這い上がった。そこにはもう、あの女官の姿はなかった。「ありがとう」と佳蓉に伝え、水月のことを頼んだ。

「春麗様は……」

「私には、まだしなければいけないことがあるから」

春麗は真っ直ぐに桃燕たちの元へと向かった。桃燕は怯えたように、けれど目だけは真っ直ぐに春麗を睨みつけていた。

「黄桃燕」

「誰に口を――」

きいているのです、そう続けるつもりだったのだろう。しかし、桃燕が言うよりも早く、春麗はその頬を叩いた。ヒリヒリとした痛みを右の掌に感じる。叩かれた桃燕は、自分自身に何が起きたのか理解できていないようで、左の頬を押さえ、呆然と春麗に視線を向けた。

「なに、を」

「何をするの、ですか？　それはこちらの言葉です」

「桃燕様！」

侍女が慌てて桃燕と春麗の間に立ち塞がろうとしたが、春麗はその身体を押しのけ、桃燕の真正面に立った。

「あなたは自分が何をしたか、何をさせたかおわかりではないのですか？　一歩間違えば、水月様は死ぬところだったのですよ。私に文句があるのであれば、直接私に言ったらいいでしょう！　関係のない水月様を巻き込まないで！　次に水月様に何かしたら、私はあなたを決して許さない！」

怒鳴る春麗に「な、なによ」と桃燕は言い返そうとしたが、騒ぎを聞きつけ女官や宦官が集まってくるのに気付いた侍女は、分が悪いと思ったのか「戻りましょう」と桃燕を連れその場をあとにした。

「春麗様……」

初めての怒りに興奮が冷めやらないまま立ち尽くす春麗に、水月が声を掛けた。その声に春麗は、ようやく我に返った。

「水月、様」

「春麗様、私……」

今にも泣き出しそうな春麗と、涙を流し続ける水月。そんな二人に佳蓉は微笑みながら言った。

「ここでは目立ちすぎますので、姜宝林様に槐殿へとお越し頂く、というのはいかがでしょうか」

佳蓉の提案に春麗は「来て頂けますか？」と自信なさげに水月に言う。水月は躊躇いながらも「ありがとうございます」ともう一度涙を流した。

槐殿に戻った春麗たちは、佳蓉が準備した湯に順番に入った。先にどうぞ、という春麗に対し水月は頑なに「私はあとで大丈夫です」と譲ることはなかった。

水月が沐浴を終え、二人で小卓に向かい合った。こうやって二人で向かい合うのはいつぶりだろう。そんなに日は経っていないはずなのに、随分と久しぶりに思えた。

無言のまま、茶に手を付けることもなく俯き続ける水月に、春麗は頭を下げた。

「水月様、申し訳ございませんでした」

「え、な、何をなさっているのですか。おやめください」

「私のせいで水月様の身を危険にさらしてしまって……。黄昭儀様からの嫌がらせも……。本当に申し訳ございません」

こんなことなら、最初から青藍に任せておけばよかった。春麗が取った勝手な行動のせいで、桃燕からの嫌がらせを悪化させ、ついには……。

「水月様の身に、何かあったらと思うと……」

「……私の方こそ、素直に頼ることができず申し訳ございませんでした」

「そんな！　水月様は何も悪くないです！」

「いえ、春麗様が何かあったのかとおっしゃってくださった時に素直に言っておけば、こんな……。私が不用意な行動をとったせいで、春麗様まで危険な目に遭わせてしまい……。何かあったらと思うと、私は……」

「水月様……」

春麗は顔を上げると、小卓の上で指を組む水月の手にそっと自分の手を重ねた。

水月の手は沐浴後とは思えない程冷たかった。

春麗の行動に、驚いたように水月は春麗の顔を見つめた。

「私は大丈夫です。……水月様が、ずっと守ってくださったから」

「私は……何も……」

「私のことを守るために、ずっと黄昭儀様からの嫌がらせに、耐えてくださってたんですよね」

春麗の言葉に、水月は項垂れた。

「黄昭儀様から、春麗様に言いつければ標的を私から春麗様に変えると言われておりました。それであんなふうな態度を……。本当に申し訳ありません」

やはり水月は脅されていた。そして春麗を守るために今まで一人で耐えてきたのだ。

重ねた手をギュッと握りしめると、春麗は涙が溢れそうになるのを必死に堪え、水月に微笑みかけた。

「守ってくださって、ありがとう」

春麗の言葉に少し驚いたような表情を浮かべ、それから水月も涙を拭うと頬笑んだ。

「わた、し……こそ、ありがとう」

桃燕のしたことは絶対に許せないが、ようやく水月と本当の意味での友達になれた気がする。

冷たかったはずの水月の手は、今では春麗と同じぐらい温かかった。

その日、夕餉を終えた頃、槐殿を青藍が訪れた。長椅子に座ると、青藍はおかしそうに笑った。

「今日、黄桃燕と一悶着（ひともんちゃく）あったんだって？」

「ご存じなのですか？」

青藍の言葉に春麗は驚いたが、青藍は当然とばかりに言った。

「この後宮は俺のものだ。知らないわけがないだろう」

「あ……」

「と、いうのは半分嘘だ。先程、黄桃燕が俺のところにやってきた」

長椅子の背に身体をもたれ掛かけると、隣に座れと言うように春麗の手を引いた。誘われるまま、春麗は青藍の隣に腰を下ろした。

「黄昭儀様が、ですか？」

青藍の元に行くためには許可を取る必要がある。許可を取ってまで行くほどの理由と言えば。

「お前に殴られたと。後宮内にあんな乱暴者を置いておくなど信じられない。今すぐ追い出して欲しいと。凄い剣幕（けんまく）だったぞ」

「すみません……。叩いたのは本当のことです。処分は如何様にも」

後宮で暴力沙汰を起こしたのだ。謹慎や下手をすれば追い出されることもあるだろう。あの時は頭に血が上っていてそこまで考えられなかったが、今思えばそうなっても仕方のないことをしたと思う。しかし。

「処分されるとわかっていたとしても、同じことをしたか？」

青藍は真っ直ぐに春麗を見ると尋ねた。青藍の問い掛けに、春麗は迷いなく頷いた。

「はい」

「そうか」

春麗の答えに、青藍は喉を鳴らして笑った。その態度の意味がわからず、春麗は恐る恐る青藍に尋ねた。

「あの、それで、私の処分は……」

しかし、青藍は何をおかしなことを言っているのだと言わんばかりに平然と答えた。

「処分などあるわけがないだろう」

「で、ですが、後宮内を騒がせたことも、それから黄昭儀様に狼藉(ろうぜき)を働いたことも事実で」

「ああ、それだがな。叩かれても仕方がないことをした黄桃燕が悪いと言っておいた」

「な、え？」

「それに春麗がしたことを咎めるのであれば、黄桃燕が今までにしてきたことも咎める必要があるなと言ったら何も言えなくなっていたぞ」

言われてみれば確かにそうだが、位階が上の者が下の者に対してしたことと、その逆とでは大きく意味合いが変わってくる。無位の春麗が桃燕に対してしたことがお咎めなしというのは周りからしても受け入れられないのではないか。たとえ桃燕がしたことがきっかけだとしても、だ。

不安そうな表情を浮かべる春麗の肩をそっと抱くと、青藍は自分の方に引き寄せた。

「俺が何も言わせないから大丈夫だ」

「主上……」

青藍が大丈夫だと言えば、本当に大丈夫なのだろう。だが……。

「どうした？」

ふいに黙り込んだ春麗に、青藍は眉をひそめた。

「結局、主上に助けてもらわなければ、一人では何もできませんでした」

偉そうなことを言ったわりに、桃燕を説得することも改心させることもできず、水月を傷つけ、最終的には青藍にも迷惑をかけることになってしまった。最初から全てを青藍に任せておけば、あんなふうに水月を危険な目に遭わせることもなかったのだ。

「私の自己満足のせいでみんなに迷惑をかけてしまいました」

「それがどうした」

「え？」

思いも寄らない青藍の言葉に、春麗は顔を上げた。そこには不思議そうに春麗を見下ろす青藍の姿があった。

「迷惑をかけたからなんだというのだ。お前はお前なりに友を守ろうとした。自分の意思で行動した。それの何が悪い」

「で、ですが私が何もせず、主上にお任せしていれば……」

「確かにその方が早くことは解決したかもしれない。姜水月も華鳳池の中に入らずとも済んだかもしれない。だが、俺は何もしなかった。何故かわかるか？」

「私が、自分で解決することを、選んだから」

「そうだ。春麗、自分の意思で動くということは、必ず責任も伴う。だがな、責任を恐れるが故に自分の意思で何もしないような人間は俺は嫌いだ。失敗してもいい。生きているのだから失敗したとしても必ず挽回（ばんかい）できる。死んだように何もしないで生きているより、心配し足掻くことになってもその方がよほど人間らしいと俺は思う」

青藍の言葉に、春麗の頬をいつの間にか涙が伝い落ちた。

後宮に来るまでの春麗は、ただ生きているだけだった。自分の意思もなく死んだように生きていた。それでいいと思っていた。

「責任は、どうやって取れば、いいのでしょうか」

　春麗が取った行動により、水月はたくさんの嫌がらせを受けた。その責任を、春麗はどうやって取ればいいのかわからない。

　春麗の言葉に、青藍は笑う。

「姜水月が何を望んでいるのか、それはお前が一番よくわかっているのではないか」

「水月様の、望むこと、ですか？」

「質問を変えるぞ。お前は姜水月に何を望む？　今回のことで姜水月が責任を感じ、心を痛めているとしたらどうして欲しい」

　春麗が助けたことで、水月が責任を感じているとしたら。責任なんて感じて欲しくない。ただ――。

「笑っていて、欲しいです。悲しい顔をさせたいわけじゃない。ただ一緒に笑い合って、それで」

「同じことを、姜水月も思っているのではないか？」

「え？」

　優しい瞳で春麗を見つめる翡翠色の瞳には、春麗の姿が映って見えた。

「友は合鏡なのだと、老師は言っていた。お前がそう望むのなら、きっと姜水月もそう思っているはずだ」

「そうなの、でしょうか」

「俺の言うことが信じられないのか？」

慌てて首を振る春麗に、青藍は唇の端を上げて笑った。


桃燕との一件から数日が経った。青藍の注意が効いたのか、相変わらず殿舎の入り口に百足などの毒虫が置かれるなどの小さな嫌がらせは続いていたけれど、表立って桃燕が何かしてくることはなくなった。

水月への嫌がらせも落ち着いたようで、仕事の合間にまた春麗と茶をする時間も取れるようになった。

「今日はお招き頂き、ありがとうございました」

その日も春麗が青藍から貰った茶を飲むために、水月は槐殿を訪れていた。他国からの贈り物だというそれは、普段飲んでいるものよりも香りが強く、ほのかに甘い味がした。飲み慣れない味に少し戸惑いはしたけれど、甘い焼き菓子と一緒に食べるととても美味しく、気付けば三杯も飲んでしまった。水月も気に入ってくれたようで嬉しそうに飲んでいた。その姿に春麗は安心した。

半刻ほど経ち、そろそろ仕事に戻らなければ、という水月と共に春麗は槐殿を出た。水月と別れたあと、せっかくなので少し散歩でもしようかと思ったのだ。

久しぶりに足を踏み入れた庭園は、少し来ない間に蕾だった凌霄花や槐が見頃を迎えていた。

「あ、蓮の花はもう閉じてしまっている」

庭園の中にある池には蓮が植えられていた。水月に最近蓮も開花したという話を聞き楽しみにしていたのだが、蓮は朝の早い時間に花が咲き、数刻で閉じてしまうらしい。

すでに午の刻ということもあり、残念ながら今はもう蓮は蕾の姿へと戻ってしまった。

まだ一日二日は咲くでしょうと言っていたので、明日もう一度来ることにしよう。できれば朝餉を食べ終えてすぐに。そう決めた春麗は槐殿に戻ろうと庭園を出ようとした。そのときだった。

「あ……」

視界の先にいたのは、桃燕だった。侍女と共に庭園へと入ってきた桃燕は、奥にいる春麗に気付くことなく入り口近くの亭へ向かうと、花には目もくれず長椅子に腰掛けた。

あの場所にいられると春麗が出て行く際に気付かれてしまう。

青藍は注意したと言っていたけれど、もしかしたらまた何か言われるかもしれない。

何より水月にあんなことをした相手と顔を合わせる気にはなれなかった。佳蓉も桃燕に気付いたようで困った表情を浮かべている。春麗は桃燕に気付かれないよう、小声で佳蓉に声を掛けた。

「あのね、しばらくここでやり過ごして黄昭儀様が戻られてから帰ろうと思うのだけれどいいかな？」

「ええ、その方がいいかと思います」

佳蓉も桃燕が何かしてこないとは限らないと思っているのか、春麗の提案をすんなりと受け入れた。

どれくらいこうしていればいいだろう、そう思ったけれど桃燕は意外と早く亭を出た。花を見ることもなく帰って行く桃燕に一体何をしに来たのかと疑問に思ったが、庭園をあとにしてくれるのであれば何でもよかった。

桃燕とその侍女が庭園を出ようと歩き出し――ふいに振り返った。その瞬間、春麗の心臓は大きく音を立てた。

息が止まるかと思った。そんなわけない、と自分が今見ているものが信じられず、何度も目を擦る。

それでも、それは確かにそこにあった。

「なん、で」

振り返った桃燕の額に、黒々とした文字で『撲殺』と書かれているのを春麗の金色の目ははっきりと映していた。

先日の水月に続いて今度は桃燕まで。

春麗は深呼吸をすると、もう一度桃燕の顔を見た。文字の濃さから、おそらく殺害されるのは数日以内。後宮から出られない桃燕を殺すことができるのは、皇帝である青藍、それから妃嬪もしくは宦官たちだけだ。青藍が桃燕を殺すことは有り得ない。なら、誰が桃燕を？

考えても考えても、答えが出ることはなかった。

「――春麗様！」

「あ、佳蓉。えっと、どうしたの？」

「どうしたの？　では、ありません。黄昭儀様はもう戻られました。春麗様も早めに宮へと戻りましょう。このように暑くてはお身体に障ります」

「あ……うん。そうだね」

春麗が考え込んでいる間に、桃燕たちは庭園を出て行っていたようだった。薄らとかいた汗が頬を伝い落ちた。

桃燕が、死ぬ。このまま春麗が何もしなければ、数日以内に確実に死んでしまう。

「春麗様？」

水月にしたことは決して許すことはできない。それなのに、死なせたくないと思ってしまうのはどうしてなのだろう。

自分の感情が理解できなかった。助けたいわけではない。しかし、見殺しにもしたくない。許せなくても死んで欲しくないと思うことは、矛盾しているのだろうか。

「……ねえ、佳蓉」

槐殿に戻った春麗は、佳蓉の入れてくれた茶を前に、ポツリと呟いた。

「どうしても許すことのできない相手を助けたいと思うのは偽善、かな」

子細を話すこともできず、ぼんやりとした言葉を投げかけてしまう。こんなこと言われても佳蓉だって困ることはわかっていた。それでも言わずにはいられない。自分の選択にどうしても自信が持てないからだ。佳蓉は暫く考えたあと、口を開いた。

「人によるのではないでしょうか」

「人に？　どういうこと？」

首を傾げる春麗に、佳蓉は困ったように笑った。

「例えば私は春麗様に危害を加えたような人間を許すことなどできません。冷たいと言われようと人でなしだと言われようと、です。……でも、春麗様はきっとそうではないと思います。誰かが苦しんでいれば、手を差し伸べられる。たとえその人間がどれほど春麗様にとって憎い相手だったとしても、です」

「そんなこと……」

佳蓉の言う春麗はまるで仏のようで、実際の春麗とはどうにも結びつかない。春麗だって誰かを恨むこともあれば憎むこともある。そう言うと、佳蓉は優しく微笑んだ。

「それでも春麗様はそんな思いを、口になさらないではありませんか」

「え？」

「私が春麗様のお世話をさせて頂くようになってから今まで、春麗様の口から誰かを罵(ののし)るような言葉を聞いたことなど一度もございません。口に出していない思いなどないも同然です。だいたい思うだけで駄目なら私など何度——」

「か、佳蓉？」

「失礼しました」

何か物騒(ぶっそう)なことを言い出しそうな佳蓉を慌てて諫めると、ふふっと笑って誤魔化されてしまった。

「もう……。ふふ……」

つられるように笑った春麗を、佳蓉は優しく見つめている。笑ったことで少しだけ気が楽になるのを感じたが、不安は残ったままだった。

「……ねえ、佳蓉。許せなくても、心配していいんだと思う？」

「それが春麗様のいいところだと、そう思いますよ」

そうなの、だろうか。けれど……。

「例えば、例えばだよ？　もしも佳蓉に危害を加えた相手がいて、その相手が何かで苦しんで死にそうになっていたとして、その人を私が助けたら……佳蓉は私に、幻滅、しない？」

春麗は掌をぎゅっと握りしめながら、水月に嫌われるのではないかという不安な気持ちを吐露した。

そうだ。結局、春麗は不安なのだ。桃燕を助けたとして水月がそれを知った時、春麗のことをどう思うのか不安で仕方がない。

そんな春麗の不安な気持ちを、佳蓉は優しい笑みで包み込んだ。

「それくらいのことで幻滅などしません。私も、それから姜宝林様も」

「どう、して」

「え？」

「どうして幻滅しないの？　だって、佳蓉に嫌がらせや危害を加えようとした人間のことを私は心配しているんだよ？　有り得ないって幻滅したり、嫌いになったりしたっておかしくないのに、どうして……」

普通に話しているつもりだったが、気付けば涙混じりの声になっている。鼻の奥がツンとして、目尻が熱くなるのを感じた。

感情が次々と洪水のように押し寄せてきて、上手く制御することができなかった。

「どうして……」

誰に問い掛けるでもなく、もう一度呟いた言葉に佳蓉は答えた。

「それは私たちが春麗様のことが大好きだからです」

「大、好き?」

「はい。私のような者がそのようなことを言うのも姜宝林様のお考えを推察するのも烏滸がましいかもしれませんが、私たちは春麗様のことが大好きなのです。いつだって他人のために一生懸命で、辛いことがあっても笑っている、それなのに人のためには涙を流してしまう。そんな春麗様のことが大好きで仕方がないのです」

佳蓉の言葉は、今まで言われたどの言葉よりも温かくて、嬉しくて。

「春麗様……」

「あ……」

気付けば春麗の頬を涙が伝っていた。

そういえば、思い出した。後宮に上がって間もない頃、佳蓉が言った『綺麗な、金色の目ですね』という言葉に涙を流したことを。

それまで涙と言えば、苦しい時や悲しい時にしか流したことはなかった。あの時初めて、春麗は嬉しくても人間は泣けるのだと知った。

「申し訳ございません。私としたことが、差し出がましいことを……」

「ううん、違うの。大丈夫、これは嬉し涙だから」

袖で涙を拭おうとする春麗に、佳蓉は慌てて手巾を差し出した。

受け取った手巾で涙を拭うと、春麗は笑顔を浮かべた。

「佳蓉、ありがとう。佳蓉のおかげで、心が決まったよ」

「私で何かお力になれたのでしたらこんなに嬉しいことはございません」

桃燕のことをきっとこれからも許すことはできないだろう。それでも、春麗は桃燕に死んで欲しくないと思ったこの気持ちを貫こうと思う。たとえ感謝されることはなくても、自分のために桃燕を死から守りたい。ただそれだけだ。

小卓の上に置かれた茶に口を付けると、せっかくの茶がすっかり冷めてしまっていた。

佳蓉が「淹れ直して参ります」と茶碗を持って下がった。一人になった春麗は考える。どうすれば桃燕を助けることができるのだろう、と。

気をつけろと言ったところで春麗の言うことを素直に聞くような桃燕ではない。それどころか、死を宣告された、などと騒ぎ出しそうですらある。

ならばどうすればいいのだろう。後宮のことであれば本来、内侍の者に相談するべきなのだろうが、誰が犯人かわからない状態ではできない。

それに相談したとしても、信じてはもらえないだろう。それどころか、春麗が何かを企てようとしていると思われかねない。

「やっぱり、主上しかいない、よね」

春麗の目のことを知っている青藍なら、春麗の言うことを信じてくれるだろうし、桃燕も青藍の言うことであれば聞くだろう。

春麗は胸の奥に走った小さな痛みに気付かないふりをした。

桃燕を青藍に会わせたくないなんて、なんと子供染みた嫉妬だ。今はそれどころではないのをわかっているのだろう。

自分自身に言い聞かせると、春麗は小さく頷いた。


その日、夕餉が済んだ頃、槐殿を青藍が訪れた。

珍しく黄袍に幞頭(ぼくとう)という正装だった。どうやら仕事を抜け出して来たらしく、後ろに控えている浩然が「あまりお時間がございませんので」と茶を出そうとした佳蓉に言っていた。

「それでどうした？　お前が会いたいという文を送ってくるなど、初めてではないか？」

「も、申し訳ございません」

「謝る必要などない。お前が俺を求めたのが嬉しかったのだ。それで、どうした？……ただ会いたかった、というわけではないのだろう」

春麗の表情を見た青藍は真顔でそう尋ねてきた。いつの間にか佳蓉と浩然は部屋を出て、室内には長椅子に隣り合って座る春麗と青藍、二人だけになっていた。

「また何かあったのか？」

「い、いえ。おかげでその後はたいした嫌がらせもなく。相変わらず殿舎の前に虫が置かれたりすることはございますが、それくらいで……」

「虫？　何のことだ」

「え？」

「そのような報告、俺は聞いてないぞ」

怪訝そうに目を細める青藍に、春麗は暫く前から殿舎の前に虫が置かれていたこと、おそらく桃燕の仕業だと思うが、この間の一件以降も続いていることを話した。

「どういうことだ。そんな話、一言も」

「申し訳ございません。些細なことでしたのでお伝えするほどのことでもないと勝手に判断していまして……」

「お前に言ったのではない。……まあいい。その件はこちらで調べる。それで？」

「はい。……死の文字が、見えました」

春麗の言葉に、青藍は眉をひそめた。

「誰に、だ」

「……黄昭儀様です」

しかし青藍はその名前を聞いて「なんだ」と息を吐いた。

「お前ではないのだな。ならいい」

「よくないです。このままでは黄昭儀様はお亡くなりになります」

「お前に嫌がらせをするような女だ。碌な死に方はせんだろうな」

「主上！」

「……冗談だ」

春麗の口調があまりに真剣だったからだろう。青藍は困ったようにそう言うと、組んだ足の上に肘をつき、掌に顎を乗せると春麗を見た。

「何故あの者の心配をする。お前はあいつが憎くはないのか」

「……憎くないと言えば嘘になります。今も水月様にしたことは許せません」

「ならば何故だ」

「黄昭儀様の気持ちが、ほんの少しだけ、わかってしまったから、です」

「どういうことだ？」

桃燕が春麗に向けた感情は嫉妬だ。

青藍のことを独り占めし、寵愛を手に入れた春麗がきっと桃燕は憎かった。青藍のことが、好きだから。ずっと想い続けてきた青藍が、自分のいない間に他の女に入れ込んでいる、と聞けば心が穏やかではいられなかっただろう。

だからといってその感情の矛先を水月に向けるのは間違っていた。だが、それほど青藍のことを好きなのだと思うと、春麗は酷く胸が痛んだ。

もしも自分だったら、と考えてしまう。青藍が違う女性を想い、その人しか瞳に映さず、春麗に見向きもしなくなったとしたら。その時春麗は、その人のことを恨まずにいられる自信が、ない。

「春麗？」

「……私も、黄昭儀様も、主上のことをお慕いしている、ということです」

春麗の言葉に、青藍は納得したような、していないような表情を浮かべていた。それでもそれ以上何も聞かなかったのは、きっと春麗の言いたいことがわかったからだろう。

「それで？　俺に、何をさせようって言うのだ？」

「……黄昭儀様をお守りください」

「それを俺に頼むのか？　俺を好きだという黄桃燕のことを守れと、お前が言うのか？　それがどんなに酷なことかわかっているのか？」

「わかって、おります」

きっとこのことを知れば桃燕は怒るだろう。だが、これ以外に方法がないのだ。相手が宦官であろうと女官であろうと、青藍であれば諫めることができる。桃燕だって青藍の言うことなら聞くだろう。

「ですが、私では、無理なのです」

春麗は無力だった。実家の後ろ盾も何もない春麗には、縋れるのはもう青藍しかいなかった。

「……惚れた弱みだな」

「え？」

「何でもない。仕方がないからその頼み、聞いてやる」

「主上！」

「だが、条件がある」

「条件？」と首を傾げる春麗に、青藍は唇の端を上げ笑みを浮かべた。そして手を春麗の顔へと伸ばすと、その手で頬に触れた。

「ああ。助ける対価として礼を貰おうと思ってな。頼みを聞いてやるんだ。俺にも何か利点がないとな」

「私に、払えるものでしたら……」

とは言うものの春麗の手元にあるのは僅かな給金のみだ。上級妃であればもっとたくさんの給金が貰えるらしいが、無位である春麗には皇帝である青藍に対価として支払えるほどの給金は貰えていなかった。

春麗の不安を感じ取ったのか、青藍はおかしそうに笑った。

「金などいらん。そんなものより俺はお前が欲しい」

「なっ」

「冗談だ。そうだな、ならこういうのはどうだ？　お前からの口づけだ」

頬に当てた手を離すことなく、青藍は親指で春麗の唇をなぞった。その手つきが妙に色っぽくて、竦んでしまう。春麗の反応に含み笑いを漏らす青藍に、戸惑い声を上げた。

「えっ……え、あ、あの、そ、それは」

「ああ、もちろん前払いだ」

青藍の視線は春麗を射止めたまま離さない。

「ほら、どうした。黄桃燕を助けたいのだろう」

その言葉に、春麗はぎゅっと掌を握りしめた。そして。

「っ……」

春麗は意を決すると、青藍の――頬に口づけた。

慌てて身体を離す春麗に、青藍は自分の頬に手を当て、それから喉を鳴らして笑った。

「頬か」

「だ、駄目で、しょうか」

「仕方がないな」

青藍は立ち上がると、浩然を呼ぶ。どうやら政務に戻るようだ。戸惑う春麗を振り返ると、青藍は楽しげに笑った。

「助けた暁には、唇にしてもらうからな。覚えておけ」

「なっ」

駆けつけた浩然と共に、青藍は槐殿をあとにした。残された春麗は熱を持ちきっと赤く染まっているであろう頬を両手で押さえながら、青藍の言葉を反芻し続けた。

青藍が「片付いたぞ」とやって来たのはそれから五日後のことだった。犯人は誰かに雇われた宦官だったようだ。

「後ろにいるやつを突き止めようと思ってたのだが」

「何かあったのですか?」

いつものように長椅子に座り、眉をひそめ苛立った様子で言った。

「牢に入れておいた犯人がいつの間にか殺された」

「そんな……」

見張りがいるはずの牢でそのようなことが起きるなんて。青藍は考え込むような表情を浮かべていた。

そして思い出したように、口を開く。

「黄桃燕だがな、後宮を出ることになった」

「え……？」

「表向きは静養のためということになっている。実際のところは、本人しかわからないが、後宮にいる意味を失ったと言っていたらしい」

「そう、ですか」

桃燕にとっての後宮にいる意味とはきっと青藍の寵愛を受けること、だったのだろう。

好きな人に愛されて幸せになりたい。ただその一心だったはずだ。それなのに。

「あいつに申し訳ないと思っているのか」

「……いえ。そう思うこと自体、黄昭儀様に対して失礼なことなのだと、学びました」

「そうか」

春麗の言葉に青藍は、言葉少なに、だが満足そうに頷いた。

まだ政務が残っているからと青藍が槐殿をあとにすると春麗は桃燕のことを考えた。もう二度と会うことはないかもしれない。きっとお互いにその方がいい。そう思っていた。

だが翌日、そんな春麗の思いに反して、桃燕は春麗の前に現れた。それも、槐殿に、だ。

「あ、あの」

入り口から一歩も動くことのない桃燕にどうすればいいのか春麗は戸惑った。

「中に、入られますか？」

「結構よ」

恐る恐る尋ねた春麗の言葉も桃燕は撥ねのけてしまった。一体何のためにここに来たのだろう。春麗が困り果てていると、ようやく桃燕が口を開いた。

「……あなたが私を助けるように主上に言ったと聞いたわ」

「えっと、その」

何というのが正解なのだろう。一瞬躊躇ったのち、春麗は頷いた。

そんな春麗に、桃燕は――。

「あなた、馬鹿なのかしら」

怒ったように言う桃燕に春麗は戸惑う。自分でも馬鹿ではないかと思うことはあるが、それを何故桃燕からまで言われなければならないのか。そのようなことを言うためにきたのか、そう言い返そうとした時、桃燕がポツリと呟いた。

「本当に、馬鹿よ」

「黄昭儀様……」

今にも泣き出しそうなその声に、春麗は何も言えなかった。

「なんで私を助けたの。私はあなたにたくさんの嫌がらせをしてきたっていうのに。姜水月を虐めたのも、あなたの殿舎に虫を置いたり、他にも嫌がらせをしたりしたのも全部私だっていうのに、どうして」

「人を助けるのに、理由などいらないです。ただ私が見過ごしたくなかった。それだけです」

春麗の言葉に、桃燕は俯いてしまった。

「あなた……やっぱり、馬鹿よ」

そう呟く桃燕の足下に、小さな水滴が一つ、また一つと落ちていった。

「……子供の頃から、ずっと主上……青藍様をお慕いしてきたわ」

頑なに宮の中に入ろうとしない桃燕のために、佳蓉はどこからか小さな長椅子を一つ持ってきて槐殿の入り口近くに置いた。

長椅子に二人並んで座ると、ぽつりぽつりと桃燕が話し始めた。

「六つ年上の青藍様を初めて拝見したのは私がまだ五つの時。翡翠色の目をしたあの方の妃にいつかなるのだとずっと努力してきたわ。できることは全てした。少しでも青藍様に近づきたかった。あの人にふさわしくなりたかった。なのに、なのにどうしてあなたなの⁉　あなたなんて……あなたなんて……！」

「……では、私が後宮に上がる前、どうして後宮から出て行ったのですか。どうして、ずっと主上のそばにいて差し上げなかったのですか」

酷な問い掛けをしているのはわかっていたが、そんなに想っているのなら何故青藍の元から去ったのか、それが春麗にはわからなかった。

「……怖かった」

「…………」

「呪いが、怖かったのよ。たくさんの人が死んだわ。私が慕っていた方もよくしてくれた女官も、何人もよ。怖くて、怖くて、そんな時に実家から帰ってこいと言われて……私は逃げ出したのよ、後宮から！　そして、青藍様から！」

襦裙を握りしめながら泣き叫ぶように言う桃燕に対して、春麗は何も言えなかった。

私なら逃げ出さなかった、と言うことは簡単だが、それは春麗が死を映す目を持っていて、青藍のせいで人が死んでいるのではないとわかっているから言えることだ。

──本当に、そうだろうか。この目がなかったとして、青藍のせいで人が死んでいるかもしれないと不安に思ったとして、それで逃げ出していただろうか。

　不安だと思う気持ちよりも、きっと……。

「本当に怖かったのは、きっと主上だと思います」

「どういう……」

「周りの人が自分のせいで死んでしまう。それがどれほど怖くて苦しいことか、少し考えれば桃燕様にもおわかりになるのではないでしょうか」

「それ、は」

　そんな思いを抱えている青藍を、一人になどできない。したくない。春麗にできることなど何もないかもしれない。それでもそばにいることはできる。寄り添うことはできる。

「主上を本当に想ってらっしゃるなら、あなたはここを出るべきではなかったのです」

「そん、なの、あなたに言われなくてもわかっているわ。後悔したわよ、後宮を出たこと。明日戻ろう、明後日戻ろう。そう思ううちにどんどん月日だけが過ぎて……。そんな時、後宮に皇后となる女が入ったと聞いたわ。どうせそのうち逃げ出すって思っていたのに、いつの間にか主上に気に入られたって聞いて悔しかった。本当ならその場所は、私のものだったはずなのに！」

だから戻ってきたのか。春麗の心を読んだかのように桃燕は「そうよ！」と声を張り上げた。

「あなたなんかに取られたくなかった。取られるぐらいなら呪いで死んだ方がマシだってそう思ったのよ！　なのに……！　なのに……っ！」

感情のままに泣き続ける桃燕に侍女が「戻りましょう」と声を掛けた。桃燕は素直に頷くと長椅子から立ち上がった。

見送ろうと思い春麗も立ち上がり、そっと桃燕の後ろを歩いた。

槐殿を出るため扉を開けたその時、桃燕は振り返り春麗にそっと耳打ちをした。

「皇太后様には気をつけて」

「え？」

聞き返した春麗に、それ以上何か言うこともなく桃燕は去って行く。

「皇太后、様？」

貰ったまま使っていない金色の茶器を思い出した。後宮に上がったばかりの頃、不安で仕方なかった春麗に優しく微笑みかけてくれた珠蘭。その珠蘭の何に気をつけろと言うのか。

桃燕の言葉に、胸のざわめきを感じた。

数日後、桃燕は後宮を出た。見送りはいらないと言われていたので、結局春麗が桃燕の姿を見たのは、あの日が最後となった。

たった一人いなくなっただけだ。なのに何故だろう。後宮の中が随分と静かになったように感じるのは。

桃燕が後宮を去った日の夜、槐殿を青藍が訪れた。いつものように珍しい果物や焼き菓子を春麗に与える青藍だったが、気付くと心配そうに春麗を見つめていた。

「あ、あの」

「何故そんな顔をしている」

「そんな、とは」

「……寂しくて仕方がない、といった顔をしているように見える」

春麗は曖昧に微笑んだが、そんな態度を青藍が許すはずもなかった。言えとばかりに促され、春麗はおずおずと口を開いた。

「私にも、わからないのです」

「わからない？」

「はい。……黄昭儀様――桃燕様のしたことは許せません。水月様にしたことについては今も腹立たしく思っております。けれど、……何故か私は、あの方のことが嫌いにはなれないのです」

十四歳の桃燕は、春麗にとってもしかすると手のかかる我が儘な妹のように映っていたのかもしれない。自分の感情に素直で、思うままに生きる彼女のことを、羨ましかったのかもしれない。

生きる時代が、生まれる場所が異なれば、もしかしたら今とは違った関係になれたのではないか。そんなことを考えてしまう。

春麗の言葉を青藍は肯定も否定もしない。ただ「そうか」とだけ呟くと春麗の肩をそっと抱いた。

隣に寄り添う青藍の顔を春麗はそっと見上げる。切れ長の瞳、長いまつげ、形のいい眉、通った鼻筋、薄い唇。綺麗な顔をしている。青藍は父親似なのだろうか、それとも母親似なのだろうか。

情けないことに何も学ばずに育ってきてしまった春麗は先帝の顔も知らない。こういう時に自分の育ちを思い出して嫌になる。同じ家に生まれていても花琳なら、きっと春麗の知らないことも知っているだろうに。

そこまで考えて、春麗はふと思い出す。青藍は以前、自分の母親は死んだと言っていたが、皇太后である珠蘭は健在だ。

「主上、聞いてもよろしいですか？」

「どうした？」

春麗の言葉に、青藍は優しい瞳をこちらに向けた。

「あの、皇太后様とはどういう方なのでしょうか」

「何故そのようなことを聞く」

先程までの優しい視線が嘘のように、青藍の瞳は冷たく、声は固かった。春麗は慌てて口を開く。

「あ、あの。以前主上が母后はお亡くなりになられたとおっしゃっていたので。で、あれば皇太后様というのはどなたなのかと思いまして」

必死に言葉を紡ぐ春麗に「そういうことか」と呟くと、青藍は口を開いた。

「……皇太后陛下は、先帝の正妻だ。俺の母上は五年前、立后を目前にして、殺された」

「え……」

それはあまりにも衝撃的な話だった。

青藍曰く、実家の身分が低かった青藍の母が皇后になることを反対されていたそうだ。そのため、青藍の立太子を機に立后する手はずとなっていた。皇太子の母であれば皇后の地位についたとしても反対できる者はいなくなるからだ。

しかし、その日を目前に控えたある日、何者かによって毒を盛られて亡くなったそうだ。

「……今の皇太后には息子が一人いることを知っているか」

「いえ……」

「俺に子がいない今、もし俺の身に何かが起これば、もしくは俺が廃されるようなことがあれば、帝位を継ぐのはその息子だ」

「まさか、そんな」

青藍が言いたいことがわかってしまったが、そんな恐ろしいことがあってもいいのだろうか。

春麗の知っている珠蘭は、優しくまるで母のような眼差しで春麗を見つめてくれた。そんな珠蘭と青藍の言う珠蘭が春麗の中では結びつかなかった。

戸惑う春麗を知ってか知らずか、青藍は話を続ける。

「俺に死の呪いなどかけられてはいないとお前は言う。であれば、俺が死の皇帝だという噂をばら撒いた人間がいるはずだ。俺はそれが皇太后ではないかと疑っている」

「まさか、後宮で亡くなられた妃嬪たちを……？」

「………………」

青藍は何も言わない。しかしその無言が、逆に肯定に聞こえてしまうのは何故だろう。

黙り込んでしまった春麗に、青藍は微笑みかけた。

「そんな顔をするな。お前は俺が守ってやるから大丈夫だ」

「は、い……」

青藍は珠蘭のことを疑っている。だが春麗はあの日、金色の茶器をくれた優しい笑みを浮かべる珠蘭の姿しか知らない。

春麗は思わず視線を茶器へと向けた。青藍は春麗の視線を追いかけるようにして茶器を見た。

「あれは？」

「……茶器、です」

「何？　私が用意させたものではないな」

「主上が用意してくださった……もの、ですか？」

不思議そうに尋ねる春麗に、険しい表情を崩すことなく青藍は答える。

「ああ。銀の茶器を用意させておいただろう。万が一、毒を盛られてもわかるように、と。だがあれはなんだ？　あれでは、毒が混ざっていてもわからないであろう」

青藍の言葉に、春麗の背筋に冷たいものが走った。

まさか、そんなことあるはずがない。

上手くかみ合わせることができず、カチカチと上下の歯が音を立て鳴らす。春麗の態度を不審に思った青藍は眉をひそめ、そして尋ねた。

「あれはどうした」

「あれ、は」

震える声で、春麗は言った。

「皇太后様から、頂いた、茶器です」

「くそっ。そこの侍女！」

「はっ、はい」

「水を持ってこい」

「承知致しました」

青藍に命じられ、佳蓉は慌てて水瓶を持ち水を汲みに走る。持ってこさせた水を使って、青藍は金色の茶器で佳蓉に茶を淹れさせた。

「今までこの茶器を使ったことは？」

「あ、ありません。私には分不相応だと思いましたので、そちらに飾っておりました」

「一見、茶器には見えないそれで俺を欺いていたのか。おい、その淹れた茶をこれに」

青藍は自身のために用意された茶を飲み干すと、金の茶器と揃いの金の茶碗、ではなく銀の茶碗に茶を淹れるよう佳蓉に命じた。震える手で銀の茶碗を受け取った佳蓉は、青藍の言う通り茶を淹れた。

――すると、銀色の茶碗の内側が一瞬で黒く染まった。

「なっ……」

「やはり、毒か」

「そんな、まさか」

否定したい。何かの間違いだと言いたい。だが、目の前で黒く変色した茶碗がそれを許さない。

「わた、しを、殺そうと、したのでしょうか……」

「そうだろうな。あわよくばお前に全てを擦り付け俺のことも始末できればと思ったのだろう」

「そ、んな……。でも、そう、で、すか」

悲しかった。苦しかった。辛かった。しかし、心のどこかで『ああ、やっぱり』と思っている自分がいることに春麗は気付いていた。

呪われた目を持つ自分など、誰かから優しい笑みを向けられることなどないのだ。

優しくして信用させて、そして殺すつもりだった。犯人に仕立て上げるつもりだった。

おそらく、今までの妃嬪たちと同じように。

結局、誰も春麗を愛したりなど――。

「そんな顔をするな」

「あ……」

隣に座る青藍が、春麗の頭を自分の肩にそっと引き寄せた。大きな掌から、ぬくもりが、優しさが伝わってくる。

「お前が辛い顔をしているのを見るのが、俺は一番嫌だ」

「主上……」

誰にも愛されていないわけではないのかもしれない。こんなにも愛情を注いでくれる人がすぐそばにいる。

恐る恐る青藍の肩に頭をもたれ掛けた。こんなふうに誰かに寄りかかれるようになるとは思ってもみなかった。

でも……。

目を閉じて青藍のぬくもりを感じながら春麗は思う。春麗のことは青藍が守ってくれるという。では、青藍は？　青藍のことは誰が守るのだろうか。周りにいる人間は本当に青藍の味方なのだろうか。皇太后の手が回ってはいないのだろうか。

考えれば考えるほど不安で仕方がない。

無言のまま俯く春麗の耳元で囁く（ささや）ように青藍は言った。

「ところで」

突然、耳元に息がかかり慌てて手で押さえる春麗をおかしそうに笑うと、青藍は言った。

「礼をまだ貰い終わっていないのだがな」

一瞬、言葉の意味がわからなかったが『助けた暁には、唇にしてもらうからな。覚えておけ』そう言った青藍の言葉を思い出した。

「あ、あの」

「ああ、この前のように頬では駄目だぞ。俺は約束を守ったんだ。お前も、勿論守るだろう？」

楽しそうに言う青藍に、春麗は覚悟を決めた。青藍は確かに約束を守り、桃燕を助けてくれた。今度は春麗が約束を守る番だ。

春麗は青藍の頬に手を伸ばした。

「目を……」

「ん？」

「目を、閉じてください」

「……仕方ないな」

くくっと喉を鳴らすと、青藍は目を閉じた。そっと顔を近づける。青藍の長いまつげに今にも触れてしまいそうだ。

ああ、心臓が壊れそうに、痛い。

「んっ……」

ふわりと柔らかい感触がして、春麗の唇と青藍のそれが、触れた。

――その瞬間、春麗は意識を失った。


目覚めると、春麗は臥牀の中にいた。

どうやら緊張と恥ずかしさから気を失い、そのまま眠ってしまっていたらしい。春麗が目覚めたことに気付いた佳蓉がそう教えてくれた。

つい先程まで青藍はいたらしいが、もう少し寝かせておくようにと佳蓉に言ったあと戻っていったとのことだった。

「臥牀で眠る春麗様のすぐそばに腰掛けて、ずっと見つめておいででしたよ」

「え……」

身体を起こした春麗は、すぐそばの褥（しとね）に残る皺に手を伸ばす。指先に触れる僅かなぬくもりが、どうしようもなく愛おしかった。

第五章　呪われた少女の目が映す未来

後宮の庭園には丹桂が咲き、辺りには甘い香りが漂っていた。水月と赤や黄色に変わり始めた葉を見たり、後宮を訪れた青藍と庭園を散歩したりと、幸せな日々を過ごしていた。

しかし、幸せとは儚いものだ。こうであればいい、そう願えば願うほどその想いとは裏腹に砕け散っていく。

春麗が自身の異変に気付いたのは、秋の長雨が降り続き、鬱蒼とした空気が後宮を包む頃だった。

「嘘……」

鏡に映る自分の顔に黒い文字が浮かび上がっていた。自分自身にこの文字が見えるのは初めてで、桃燕の額に文字が見えて以来のことだった。

「刺殺……。私は、誰かに殺されるのね」

誰かの悪意が詰まったようなその二文字に、春麗は身を震わせた。このままでは自分は数日のうちに死んでしまうだろう。

それは後宮に上がる前の、いや上がった直後の春麗なら喜んだことかもしれない。

だが、今は。

怖い。死んでしまうことが。そしてまた青藍を一人にしてしまうことが、怖くて怖くて仕方がない。

震える身体を抑えようと春麗は両手で自分自身を抱きしめた。今、春麗が死ねば、青藍は自分を責めるだろう。やはり自分は呪われていたのだと。死の皇帝が誰かをそばに置いてはいけなかったのだと、そう悔やむだろう。それだけは嫌だった。

「——あれ？」

春麗はおかしなことに気付いた。青藍の周りの人間は一人また一人と死んでいく。それは彼が死の皇帝と言われる理由にもなっていた。

それならどうして浩然は生きているのだろう。浩然は青藍が幼少の頃から仕えていると言っていた。何故、浩然一人が青藍のそばに居続けられるのだろう。

確かに一度、毒殺されそうにはなっていたが、春麗の目の力のおかげで助かり、珠蘭の手に掛かってはいない。青藍の側近だというのであれば、真っ先に狙われてもおかしくなさそうなのに。

無差別に全員が死んでいるわけではなく、人為的なものを感じ、それこそが呪いではない証拠だと言えるかもしれない。ただ真っ先に狙われそうな浩然が例外というのが解せない。何故浩然だけが、どうして……。

「春麗？」

「あ……」

これからどうすればいいか、そしてどうして浩然だけが例外なのか。

その答えを考え続けていた春麗は、青藍が部屋に来ても意識が考え事に向いてしまい、会話に集中できなかった。

返事をしない春麗に青藍は眉をひそめると、そっと額に手を当てた。

「熱はないようだが」

「も、申し訳ございません」

謝る春麗の額から頬へと手を移動させると、青藍は春麗の金色の目を真っ直ぐ見つめた。

「具合が悪いのか？」

「いえ、その少し考え事を」

「……気に入らん」

一言呟くと、青藍は隣に座る春麗の膝に頭を載せ、長椅子に寝転んだ。幞頭をしていない青藍の髪の毛がさらりと流れ、襦裙越しに春麗の膝から滑り落ちる。

「しゅ、主上!?」

「何かあったのならきちんと話せ。そんな顔、お前には似合わん」

「……私は、普段どんな顔をしていますか？」

「お前は、そうだな。春に咲く梅桃に似ている。小さく頼りなさげに見えるのに空に向かって咲き誇る梅桃。可憐な花を咲かせるその花弁はお前の笑った顔のようだ」

「ゆすら、うめ……」

思いも寄らない言葉に、春麗は戸惑い、そして後宮の庭に咲いていた梅桃を思い出す。あれに自分が似ていると青藍は言った。あの小さく可愛い花に……？

言葉に詰まる春麗に、青藍はふっと笑った。

「そんなことないと言いたげな顔をしているな。俺の言葉を否定するか？」

「そ、そういうわけではありませんが……。ですが、私など花にたとえられるのも烏滸がましく……」

「お前は自分を卑下しすぎだ。お前は私の唯一の妃だ。違うか？」

「それ、は……そう、かもしれません、が」

桃燕がいなくなった今、後宮にいる女は春麗を除けば女官ばかりだ。

今では女官も宦官たちも春麗を青藍の妃として扱うようになっていた。

しかし唯一の妃だと言われたところで、それが形だけのものでしかないことは他でもない、春麗が一番よく知っていた。

本当の妃であれば与えられるはずの位階が、今もなお春麗にはない。それは、春麗が場つなぎだけの生贄妃であり、決して本物ではないという証に他ならなかった。

青藍のことを想えば想うほど、無位である自分が悲しくなる。本当の妃だったらよかった。そうであれば、こんなふうに苦しく辛く感じることもなかったのに……。

「仕方ないな」

俯く春麗の頬に、青藍は微笑みながら手を伸ばした。その表情に、春麗の胸は酷く痛んだ。

出会った頃とは違う、優しくて温かい表情。こんなに優しい人が自分のせいでまた辛い想いをしてしまう。思い上がっているわけではない。それでもきっと春麗が死ねば、青藍は自分のせいだと責めるだろう。傷つき、胸を痛めるだろう。それがどうしても嫌だった。

「……っ」

「──よし、決めたぞ」

「え？」

「浩然」

扉の向こうで控えていた浩然は、青藍の呼び掛けにそっと扉を開けた。青藍は身体を起こすと、扉のそばで頭を下げる浩然へ視線を向けた。

「どうされましたか」

「今日は春麗の部屋で休むことにする」

「……承知致しました」

「えぇっ!?」

青藍と浩然の会話を聞きながら、春麗は思わず声を上げた。聞き間違いかと青藍の方を見ると、口角を上げて笑っていた。

「なんだ？　何か問題でも？」

「も、問題というか」

「皇帝が妃の部屋に泊まって何が悪い？」

「何も……悪くございません」

春麗には青藍の言葉を否定することも拒否することもできない。そのまま準備が整えられ、普段一人で眠っている臥牀に二人で眠ることとなった。

「何故、そのように離れるのだ」

「な、何故って……」

「こちらに来い」

臥牀から落ちそうなぐらい端で眠ろうとする春麗の手を引き、青藍は自分の腕の中へと引き寄せた。春麗に抗えるわけがなく、為す術もないまますっぽりと腕の中に包まれた。

まるで全身が心臓になってしまったかのように鳴り響き、うるさくて仕方がない。

この状態で本当に眠れるのだろうか。そんなことを考えていると、頭上からふっと漏れるような笑い声が聞こえた。

「主上？」

「ああ、いや。心臓の音が凄いなと思ってな」

「それは……このような状態では仕方がないかと……」

「そうか。そうだな」

あ……。

春麗の心臓の音とは別に、心地よい響きで鳴る、もう一つの音に気付いた。それはすぐそばから聞こえてくる。

春麗のように早くはないけれど、ゆっくりと脈打つ音が聞こえる。

「主上の、心臓の音も聞こえます」

「そうか」

「この音、好きです」

春麗の言葉に青藍はふっと笑みを浮かべた。

「好きなのは、心臓の音だけか？」

「そ、それは」

喉を鳴らし笑う青藍の姿に、ようやく揶揄われていたのだと気付き「もうっ」と頬を膨らませる。そんな春麗の身体を、青藍はもう一度ぎゅっと抱きしめた。

「主上？」

「……昔、こんなふうにすぐそばで心臓の音を聞いたことがある」

青藍の言葉に春麗は胸元に押し当てていた顔を上げた。青藍はどこか懐かしそうに遠くを見つめていた。

「俺がまだ皇子と呼ばれ皇帝でも皇太子でもなかった頃、浩然とその妹と一緒に後宮を抜け出したことがあった」

「それは大丈夫なのですか？」

「まあ大丈夫ではなかったな。だが、あの時の俺は外の世界を見ることが楽しく、後のことなど考えていなかった」

その口調がどこかもの悲しく聞こえて、春麗は「それで、どうなったんですか？」と思わず尋ねる。

青藍は春麗の髪を優しく撫でながら、話を続けた。

「市で色々なものを買って食べていたら、子供が金を持っているってことでたちの悪い奴らに絡まれた。相手にしていなかったのだが、一人が浩然の妹に手を出そうとしてな。カッとなって手を出したら奴ら刃物を出してきた」

「そ、そんなっ」

当時を思い出すように、青藍は悲痛な表情を浮かべて目を閉じる。春麗の身体を抱きしめる腕に力を込めると、再び口を開いた。

「思いっきり振り上げられた刃物に俺が気付いたのは、俺を庇った浩然が切りつけられてからだった。止まらない血を見て、俺は自分がしたことの重大さにようやく気付いた。後宮にいた時はなんだって言えば叶えてもらえた。誰だって俺の言うことを聞いた。けれど一歩外に出てみたら、俺はちっぽけな餓鬼でしかなかったんだ」

悔しそうに言う青藍は、今でもその日のことを悔やんでいるのだろう。自分が我儘を言って外に出なければ浩然が怪我をすることもなかったのに、と。

「浩然を背負ってなんとか帰ることができ、浩然は一命を取り留め俺はこってり叱られたってわけだ。その時背負っていた浩然の心臓の音が、今の春麗の音と同じぐらい早かった。今もあいつの背中にはあの時の傷が残っているはずだ」

「そうだったの、ですか」

春麗は青藍の浩然への想いを聞いて胸の奥が苦しくなるのを感じた。こんなにも信頼されている浩然が裏切るはずがない。裏切らないであげて欲しい。

この人をこれ以上傷つけないで欲しい。

春麗は青藍の背中にそっと腕を回した。規則正しい心臓の音が先程よりも伝わってくる。青藍が生きているという証しの音が。

どこか心地のよいその音に、気付けば春麗は微睡んでいた。

目が覚めたのは、日が昇るにはまだ随分と早い頃だった。

まるで包み込むように春麗の身体を抱きしめたその腕の持ち主は、小さく寝息を立てていた。その頬に、春麗はそっと手を伸ばす。

こんなふうに人と眠ることは、春麗にとっては母、鈴玉を除けば初めてのことだ。人と一緒に眠るというのは、その人を信頼していないとできない行為だ。本来であればこんなふうに青藍が誰かのそばで眠ることはないのかもしれないし、好ましくはないのだろう。

青藍がこの部屋で眠ると伝えた時、浩然の表情が一瞬曇ったのを春麗は見逃さなかった。それは浩然にとって春麗が信頼に値する人物ではないから、というだけでなく、青藍が誰かと眠りを共にすることがあまり好ましくないからであろう。

警備のことを考えても、ここではなく自分の宮に戻った方が安全に違いない。そして、それをわかっていない青藍ではない。

つまり、これは全て春麗のためなのだ。

春麗はふいに泣きそうになった。目の前にいるこの人が愛しくて、愛しくて仕方がない。青藍が再び一人になり、冷たい臥牀で眠るところを想像すると、胸が苦しくて涙が溢れてくる。思い上がるなと笑われるかもしれないが、今この人はきっと春麗を求めている。そう思うと、今まで感じたことのない感情が身体を駆け巡った。

この感情を人は、何と呼ぶのだろう。胸の奥が熱くて苦しくて切なくて愛しくて涙がこぼれそうで、好きよりももっと深いこの感情を――。

「っ……しゅ、じょ……」

「泣くな、春麗」

青藍の指先が春麗の瞳から溢れ出した涙を、優しく拭った。

そして身じろぎすれば鼻先が触れ合いそうな距離で、青藍は春麗を見つめた。

「何があった」

「な、にも……」

「こんな顔で、何もないと嘯く気か」

「それは……」

「……気付いていないと思っていたのか」

その言葉は、あまりにも優しく、あまりにも悲壮で、春麗の胸を揺さぶった。

「何があったか、話せ」

「ですが……」

「春麗」

名を呼ばれ、真っ直ぐに瞳を見つめられ、春麗にはもう抗えなかった。

「……死の文字が見えました」

「俺に、か」

「いえ。……私に、です」

青藍の瞳が揺れた。しかし動揺の色をすぐに隠すと、青藍は少しこわばった声で春麗に尋ねた。

「何故だ」

「刺殺とありますので、誰かが私を、殺すようです」

「いつかはわからぬのか」

「……はい」

「くそっ」

声を荒らげた青藍に、春麗は慌てて口を開いた。

「わ、私が死んだとしても主上のせいではございません。ですので、主上の呪いなどやはり存在は――」

「そのようなことを言っているのではない！」

「え？」

青藍は春麗の言葉を遮ると、身体を起こした。春麗も慌てて臥牀の上に身体を起こすと、春麗を見つめる青藍を恐る恐る見返した。

「で、では一体……」

「お前は！　どうしてそんな大事なことを黙っていたのだ！　まさか自分一人で死ぬ気だったのか？」

「い、いいえ。もしも私が死んだとしても犯人の手がかり一つでも掴めたらとは思っておりましたが……」

「そんなことはどうだっていい！　犯人などどうだっていいんだ。それよりもお前が死なないことの方が大事だろ！」

「え……？　私が、死なないことの、方が……？」

それは春麗にとって思いも寄らない言葉だった。

春麗が死ねば、青藍は自分自身を責める。自分の呪いのせいだと。だから死ねないと思っていた。青藍のことを苦しめたくなかったから。もう傷付いて欲しくなかったから。しかし、今の言葉はまるで……。

戸惑いながらも、春麗は必死に言葉を紡ぐ。

「で、ですが犯人がわかれば、もしかすると今まで主上の呪いだと言われていたことの真実がわかるかもしれません」

証拠がなかった今までの出来事への、皇太后の関与を証明できるかもしれない。そのためなら、春麗は命を懸けたとしても構わなかった。

青藍はそんな春麗の態度に苛立ちを隠さなかった。

「だがその最中に、お前が命を落としたらどうするんだ」

「私の命など、主上の前ではたいしたことでは――」

「お前はもっと自分自身を大事にしろ！」

声を荒らげながら発せられる青藍の言葉に、春麗は戸惑うばかりでどうしていいかわからなかった。

そんなふうに大事に育てられてなどこなかった。それどころか、こんな命、いつなくなってもいいと、その方がいいとさえ思っていた。それなら無駄死にするよりは青藍の役に立って死にたかった。

なのに、目の前のこの人は自分の恐ろしい噂よりも春麗の命の方が大事だと言ってくれる。これは夢だろうか。都合のいい夢を見ているのではないだろうか。

その日から、青藍は春麗の部屋で眠るようになっていた。朝が来ると、春麗の部屋から自分の宮へと戻っていく。

朝が来る度に「今日は変わりはないか」と春麗に尋ねるのが日課となった。春麗は曖昧に頷いて見せたが、本当は鏡の中の文字はどんどんと濃くなっている。そろそろ最期の日が来るのも近い。

春麗は、くっきりと見える文字に、一つの考えを思いついた。

「今、なんと言った？」

青藍が春麗の部屋で眠るようになって五日が経った頃、臥牀の中で春麗は青藍に提案した。

「ですから、私は囮になろうと思います」

「囮だと？　何を馬鹿なことを！」

「ですがっ」

「そのようなことをさせるわけがないだろう。万が一があったらどうする」

「……でも、それしか方法はないのです」

春麗としてもいつ襲われるかわからない状態で日々過ごすのは限界が来ていた。それよりはいっそ囮になり、片付けてしまえればと思った。

万が一、自分の命は助からなかったとしても、それなら犯人は確実に捕まえられるだろうから。

春麗の考えを読んだように、青藍は真っ直ぐに金色の目を見つめた。

「死ぬ気か」

「……いえ」

「嘘ではないだろうな？」

死んでもいいと思っていた。大切な人のために死ねるのであれば本望だと。しかし。

「はい。……それに、万が一の時は、守ってくださるのでしょう？　私は——あなたの妃ですから」

もしも大切な人と生きられる道があるのなら、その道を選べるのなら、春麗はその道を歩いてみたくなった。青藍と共に生きる、その道を。

春麗の言葉に、青藍はあっけにとられたような表情を浮かべ、口角を上げた。

「初めて言った自身のための我が儘がこれか」

「嫌いになりましたか？」

「……いや？　ますますお前を死なせたくなくなった」

青藍は春麗の顎を上に向かせると、そっと口づけた。

「必ず死なせない。約束だ」

そう言うと青藍はもう一度、春麗の唇に自分のそれを重ねた。頬に触れた手と同じぐらい、その唇は熱かった。

＊＊＊

その日、青藍は政務と来客が立て込み、珍しく春麗の部屋に顔を出せずにいた。

そのため、ここ数日、青藍が毎晩のように眠っていたはずの臥牀には、今日は膨らみが一つだけしかなかった。

真夜中、春麗の部屋に置かれた燭台（しょくだい）の灯りが突然消えた。そして——。

「……っ！」

奥歯を噛みしめるような音と共に、臥牀へ刃物が突き立てられた。窓から漏れ入る月明かりで照らされた臥牀は、血の色に染まっていく。

肉を貫いたような感触に男は口角を上げ、死体を確認するために衾をめくり上げようとしたが、躊躇うように手を止めた。死んだことを確認しなければいけないのはわかっているのだが。

男の脳裏を、腹立たしい記憶がよみがえる。命じられた通り、春麗の実家を調べている最中、足がつき逆に毒殺されそうになったことを思い出す。

みっともない失態を恥じていたところに、追い打ちを掛けるように春麗のおかげで命拾いしたのだと青藍から聞かされた時は、情けなくてその日の夜は眠ることもできなかった。おどおどとして人の目も見ることのできないような小娘が一体どうやってと疑問に思うこともあったが、そんな春麗がいつの間にか青藍の寵愛を得ていた。

ただの小娘であれば殺されることもなかっただろうに。そう、死に怯え後宮から逃げ出したあの桃燕のように。

一度は帰ってきたが、少し脅すと再び後宮から出ることを選んだ。あの娘も後宮に戻ってこなければ、そして父親を使ってまで青藍に近づこうとしなければ、あのように殺されそうになることもなかったのに。

「馬鹿な女だ」

その時、物音に気付いたのか、扉の向こうから春麗の侍女である佳蓉が声を掛けた。

「春麗様？　どうかされましたか？」

一瞬の迷いのあと、男は衾をめくることなく窓から外へと飛び出した。どうせ春麗は死んだ。あれだけの血が流れたのだ。万が一生きていたとしても、刃物には毒が塗ってある。死ぬのも時間の問題だろう。

できれば桃燕に虐められて後宮から出て行って欲しかった。そのために嫌がらせに目を瞑り、さらに桃燕の仕業に見せかけて春麗の宮の前に虫を蒔いたこともあった。

自分を助けてくれた春麗を、手にかけたくはなかったが、もう遅い。

「死に顔は見ずにおきましょう。あの時の礼に」

誰に言うでもなく男は呟くと、血に染まる刃物を草むらに投げ捨て、暗闇を急いだ。

男は慣れた様子で後宮を進むと、槐殿から華鳳池を挟んで反対の位置にある宮へと足を速めた。

宮の門には金箔がふんだんに使われ、暗闇でもわかるほど赫々としている。男は見知った衛兵の前を通り抜けると、一番奥の部屋へと向かった。

扉の前で跪き、頭を下げると声を掛けた。

「珠蘭様」

「……浩然か。お入り」

「はっ」

開かれた扉の奥、臥牀に寝そべるのは先の皇帝の妻であり、現皇太后である謝珠蘭だった。

浩然は部屋に入り拱手の礼を取る。「免礼」という言葉に頭を上げると、息を一つ吐き、口を開いた。

「完了致しました」

「そう。死体は？」

一瞬、浩然の脳裏に確認することなくそのままにしてきた春麗の死体と、先程の侍女の声がよみがえった。

だが、確認せずともあの血の量なら確実に死んだはずだ。侍女が春麗の死体を見つけるのもこのあとすぐかもしれないが、些細な差だと思い、言葉を続けた。

「そのままに」

「よくやった。ああ、違うか。これも全て死の皇帝のせい、だろう？」

珠蘭が妖艶な笑みを浮かべたその瞬間——部屋の扉が吹き飛んだ。

＊＊＊

青藍は扉を蹴破ると、勢いよく中へと入った。扉の破片があちらこちらに飛び散り、そのうちの一つが浩然の頭に当たる。青藍は蹲った浩然を見下ろした。

「なっ」

「やはり、黒幕はあなたでしたか」

「お前は……！」

突然現れた青藍の姿に、珠蘭は一瞬戸惑いを隠せなかったが、すぐに怪訝そうな表情を浮かべ青藍を一瞥した。

「何故このようなところにあなたがいるのです？　ここはあなたの来るところではございませんよ」

「申し訳ございません、母上。私の従者を追いかけておりましたら、こちらにたどり着いてしまいました」

白々しく言う青藍に、珠蘭は肩をすくめると言い放つ。

「ああ、そう。ならその者を連れてさっさとお帰りなさい」

「いえ、そういうわけにはいかないのです」

「何？」

珠蘭の言葉に、青藍は笑いながらそう言うと、足下で蹲ったままの浩然を指さした。

「こやつは私の妃に害をなそうとしました」

「それならなおのこと早く連れてお戻りになればよいでしょう」

「ですが、こいつが単独でそんなことをするとは思わず、こうやって跡をつけたのです。きっと黒幕の元に報告に行くと思いましたので。その先が母上、あなたのところだったのです」

どういうことでしょう、と言いながらも言外に込められた意味はあきらかだった。

そしてそれは勿論、珠蘭にも伝わっていた。

「はっ、なにを。まさか妾がこやつに指示を出したとでも言うのです？」

「いえ。そのような、ことは」

口調は柔らかいが、珠蘭の目は笑っていない。だが、言い淀む青藍に気を良くしたのか、紅を引いた唇を歪めるように笑った。

「まあいいでしょう。それにしても……」

珠蘭は口元に手を当てると、可笑しそうに笑う。

「妃が死んだというのに犯人を追いかけるとは、なんと薄情なことでしょう。最近入った妃に入れ込んでいると聞いていましたが、結局その程度だったのですね」

「ふっ……ははは」

　珠蘭の言葉に、青藍はおかしくて仕方がないとばかりに腹を抱えて笑った。その姿に、珠蘭は眉をひそめ、青藍を睨みつけた。

「何を笑っているのです」

「いえね、まさか母上の元にまでそんな話が届いているとは思わず。ですが、不思議ですね。何故害をなされたのが、その妃だと思われたのですか？　この後宮には、僅かではありますが残っている妃嬪達もいるというのに。あれが害されたことを知っているのは妃の侍女と――犯人である浩然ぐらいなのですが。ああ、それから妃を見張っている女もいましたね。もしやこの中のどれかが母上と繋がりでもあるのでしょうか？」

「……後宮であったことが皇太后である私の元に即座に届くことの、どこに不思議がありましょう」

　珠蘭は青藍の言葉を聞き流すと淡々と話した。その口調に変化は見られない。そんな珠蘭を前に、青藍は話を続ける。

「そうかもしれませんね。ああ、そうだ。先程の話、一つ間違いがあるのです」

「ええ。――私の妃は、死んでなどいませんよ」

「間違い？」

「なっ……！」

青藍の背後から、春麗はひょこっと顔を出した。

本当はこの場に来てはいけないと言われたが、自分自身も命を狙われたのだから話を聞く権利がある、と無理矢理ついてきたのだ。

青藍は「急に我が儘が増えたな」と笑っていたけれど止めることはなかった。そばにいる方が守りやすいとそう思ったのかもしれない。

春麗の姿に、一瞬動揺したかに思われたが、珠蘭は表情一つ変えることはなかった。

「……そうですか。ご無事で何より。ところで私はそろそろ休もうかと思います。その男を連れて下がりなさい」

「母上の元に報告に来たこの男を、連れて行ってもよろしいのですね」

「ええ。私には縁もゆかりもない者ですから」

「……そうですか」

青藍は悔しそうに顔を歪めた。その後ろで春麗も掌を握りしめる。証拠がなければ、皇太后という立場の珠蘭を裁けないことはわかっていた。わかっていたからこそ浩然と一緒にいるところに踏み込み、言い逃れができないよう自白させたかったのだ。

全てがわかれば今まで青藍の周りで死んだ人たちが、青藍のせいではなく青藍のせいに見せかけたかった皇太后の仕業だということがはっきりするから。

しかし、これでは……。

「わかりました。まあ黒幕がいるとすれば、こいつが全てを吐いてくれることでしょう」

青藍は珠蘭にそう告げると、浩然の手に縄をかけた。

そうだ、あとは浩然が全てを話してくれれば。そして何か皇太后に繋がる証拠が見つかればなんとかなるかもしれない。

「え……？」

青藍が浩然を連れ珠蘭に背を向けたその瞬間、浩然の顔に真っ黒の文字で『刺殺』と浮かび上がったのが見えた。と、同時に春麗の身体が動いた。

そして――。

「春麗！」

痛みなのか熱さなのかわからない衝撃が春麗の腹に走る。勢いよく引き抜かれると、今度こそ春麗の血が飛び散った。

「あっ……あぁぁっ！」

「春麗！」

溢れ出る血を、青藍は自身が着ていた黄袍を脱ぎ、春麗の赤く染まった腹に当てた。

「何故……」

止まることのない血に、青藍は春麗の身体をそっと抱きかかえた。何か伝えたいのに、何も言葉が出てこない。必死に腕を上げ、青藍の目尻に溢れる涙をそっと拭った。

「浩然様が、いなくなったら……主上が、悲しむ、から……」

途切れ途切れに話す春麗の身体を、青藍は抱きしめ続ける。その耳元に届くように、春麗は必死で言葉を紡いだ。

「これ、で……皇太后様に、繋がる、証拠……が」

「死ぬな！　春麗！　春麗！！」

薄れゆく意識の向こうで、青藍が自分の名前を叫び続ける声が聞こえた気がした。


春麗が目覚めたのは、あの事件から丸三日経ってからだった。目覚めてからも傷口が炎症を起こし、高熱が出ていた。結局、喋れるようになるまでには、そこからさらに二日ほど必要だった。

槐殿の臥牀に横たわり、春麗はまだ少し霞む目を横に向ける。そこには真っ赤に目を腫らした佳蓉が春麗のそばで泣いていた。

「しゅん、れ……い様……」

「ごめんね、心配かけて」

「本当……ですよ……」

涙でぐちゃぐちゃになった顔を拭ってやると、佳蓉は怒ったように笑っていた。

「それで、どうなったの？」

「……皇太后様のことですね」

頷く春麗に、佳蓉は少し悩んでから、話し始めた。

あの時、珠蘭は自分の関与が発覚するのを恐れ、浩然の口を封じるために刃物で刺そうとしたらしい。あの時『刺殺』という文字が浮かび上がったのはそのせいだった。

「ですがその刃物には毒が塗ってあったようで……。春麗様はその毒のせいで三日三晩眠り続けていらっしゃいました」

「そうだったの……。それで浩然様は、今……」

「春麗様のおかげで怪我はなく。皇太后様に殺されそうになったことで、今までのことも全て話す気になったそうです」

珠蘭は青藍の予想通り、自分の息子である劉蒼晴（りゅうそうせい）を次期皇帝にするために青藍の周りの人間を一人また一人と手にかけていたらしい。その下手人（げしゅにん）が浩然だったというわけだ。牢に入れておいた、桃燕を殺そうとした犯人を手にかけたのも同様だった。

「それで……」

他の人間が死んでいく中、浩然一人が生き残り、そうやって自分一人が青藍のそばにいられるようにして信頼を得ていた。

結果、青藍は一人になり併せて流した噂のせいで誰も青藍に近づかなくなった。

そんな中、形だけの生贄妃のはずだった春麗に青藍が興味を持つようになり、夜も共にするようになった。

二人の間に何もないことは本人たちにしかわからない。毎晩のように青藍が春麗の元に通っているという話を浩然から聞いた珠蘭は気が気じゃなかったのだろう。青藍に子供ができれば、自分の子である蒼晴が皇帝となる可能性はぐっと低くなるのだから。

「どうして、浩然様はそのようなことをしたのかしら……」

浩然のことを信じていた青藍のことを思うと胸が痛んだ。ずっと一緒にいた浩然が、何故このようなことをするに至ったのか、春麗は理由を知りたかった。

「……春麗様は、浩然様に妹がいらっしゃることをご存じでしょうか」

「ええ、知っているわ。……まさか」

春麗は思わず言葉を失った。自分の考えを否定して欲しくて佳蓉を見るが、その目は悲しげに伏せられていた。

「はい。妹を皇太后様に人質に取られていたようです。裏切れば命はないぞ、と。それで……」

　春麗は目を閉じると、唇を噛んだ。

浩然がしたことは決して許されることではない。しかし、浩然もまた皇太后の犠牲者だった。青藍と浩然の仲を引き裂いた皇太后のことが許せなかった。

「でも春麗様のおかげで全ては解決したようです。実家に戻っていらした他の妃嬪の方々も戻ってこられるようですし」

「……そう」

　後宮に人が戻ってくる。それはきっと青藍にとってはいいことだ。死の皇帝などという不名誉な二つ名が払拭されたのだから。

それなのに、春麗の胸には重く苦しいものがのしかかる。

春麗以外の人の元に青藍が通うこともあるかもしれない。肌を重ねることがあるかもしれない。皇帝としての責務を果たすために、仕方のないことだと理解はしている。

しかし、それでも……。

「大丈夫ですよ」

「え？」

「他の方々が戻っていらしたとしても、主上の想いは春麗様一筋だと思います」

「そう、かしら」

「ええ、きっとそうです」

胸を張る佳蓉に、春麗は曖昧に微笑んだ。本当に、そうであればどれほどいいか。

しかし、春麗の不安が現実のものとなるのは、そう遠い日ではなかった。


数日のうちに、後宮の中は騒がしくなった。戻ってくる妃嬪に先駆けて、従者や侍女たちが後宮へと上がり、掃除などを始めたからだ。

そんな中、春麗は一人だった。

あの日から青藍は一度も春麗の元を訪れることはなかった。日に一度、体調に変わりはないかという確認が、内侍を通じて入ってはいたが、青藍本人が来てくれることはなかった。

佳蓉曰く「色々な後処理で忙しい」らしい。

春麗はなんとなくこのまま存在をなかったことにされてしまうのではないかと思っていた。

後宮の中では空席となっている四夫人や九嬪に誰がなるのか、と言った話で持ちきりだった。死の皇帝の噂が嘘だったことがわかれば、妃嬪の座に娘をつかせたい親はいくらでもいるだろう。自身が後宮に上がりたいと望む娘も多いはずだ。

贄が必要なくなれば、生贄妃だった春麗はもうは用なし、なのだ。

「春麗様……」

「あ……」

気付けば春麗の頬を涙が伝っていた。

不安そうに春麗を見る佳蓉になんとか微笑もうとする。けれど、笑おうとすればするほど、涙が溢れてくる。

「ふっ……うっ……うぅっ……」

「春麗様……」

泣き止むことができたのは、しばらく経ってからだった。その間、佳蓉はずっとそばにいてくれた。

泣きはらした目に濡れた手巾を当ててくれる。

「ありがとう……」

「いえ……。お茶を淹れましょうか」

「そう……ね。お願いしてもいい？」

「ええ！　……あら？」

茶を淹れるために部屋を出ようと扉を開けた佳蓉は、声を上げた。

「佳蓉？」

「春麗様！　主上が、春麗様をお呼びとのことです！」

佳蓉の言葉に、春麗は慌てて目の腫れを化粧で隠し、大急ぎで指定された謁見の間へと向かった。

普段は青藍が槐殿へと来てくれていたので、春麗から訪ねるのは初めてだ。案内の宦官に連れられて春麗は謁見の間へと向かった。

そこには久しぶりに見る青藍と――そしてもう二度と会いたくなかった顔が並んでいた。

「お父様……それに……花琳……」

椅子に座る青藍から少し離れた場所に、床に座った俊明と花琳の姿があった。春麗は動揺を隠し、青藍のそばに用意された椅子に腰掛けた。

そんな春麗の姿を花琳は怖いぐらいの笑みで見つめていた。

「それで、本日の要件とは」

「はい。我々はお詫びしたいことがございまして参りました」

「ほお？　詫びたいこととは？」

俊明の言葉に、春麗は胸が高鳴るのを感じた。

もしかすると、今までの春麗への仕打ちを謝ってくれるのではないか、ようやく家族の一員だと認めてくれるのではないか。そう、期待してしまった。

もしそうだとしても、きっとそれは春麗のことを思ってではなく、家として、一族として、そしてこれからの政治的なことのためだろう。

だが、それでもよかった。春麗は俊明に娘だと、そして花琳に姉だと思ってもらいたかった。

しかしそんな春麗の思いは、一瞬で打ち砕かれた。

「はい。主上には大変申し訳ないことを致しました」

「余に？」

「そうでございます。手違いかその者が仕組んだのか、本来後宮に上がるのはこの花琳の予定だったのです」

「な……」

春麗は一瞬、何を言われているのか理解できなかった。春麗が何を仕組んだと、俊明は言うのか。手違い？　一体何の話をしているのだろう。

戸惑う春麗を置いてけぼりにしたまま、俊明の話は続く。

「その者は呪われた子。このようなところに出せるような子ではございません。出来損ないの家婢以下の者にございます。陛下の妃となれるような者ではないのです」

「ふむ。それで？」

どこか楽しそうに青藍は言う。そんな青藍の態度に春麗は泣きたくなった。

青藍は俊明の言うことを信じてしまうのだろうか。いや、そんなわけはない。青藍はそんな人ではない。そう思うのに、何故か不安な気持ちが拭えない。

震える手を押さえ、春麗は必死に顔を上げた。そんな春麗の前で、花琳が華のような笑みを浮かべた。

「主上、お初にお目にかかります。私が楊俊明の娘、花琳でございます。本来でしたら私が後宮に上がるところを、姉である春麗が……私を無理矢理閉じ込め、自分が……。呪われたくなければ大人しくしていろと言われ……。ですがずっと、主上のことをお慕いしておりました」

花琳は同情を引くように涙を浮かべ、青藍へと話し続ける。その姿は真実を知る春麗でさえも、真実なのではないかと錯覚するほどだった。

周りに控えていた侍従たちは気の毒そうに花琳を見つめていた。中には露骨に春麗へと疑いの目を向ける者までいた。

「つきましては、主上。その娘の処分は私どもにお任せ頂き、改めて花琳を後宮に上がらせて頂ければと思うのですがいかがでしょうか」

「待って！　そんなの、私！」

「お前は黙っていろ」

「……っ」

思わず口を挟んだ春麗の言葉を、俊明は厳しい口調で遮った。その口調に、春麗は何も言えなくなってしまった。

ずっと、ずっとこの口調に怯え続けてきた。そしてきっとこれからも。

後宮に上がってから今日まで、夢のような日々だった。それが現実に戻るだけ。仕方がない。そう、仕方がないのだ。きっと青藍も花琳を選ぶ。春麗を選ぶような人などいない。

「……話はわかった」

ほら、ね……。

青藍の言葉に、春麗は俯き涙を堪えた。そんな春麗とは対照的に、俊明は嬉々とした声を上げた。

「では——！」

「お前はどうしたい？」

「え……？」

その言葉は、そして青藍の視線は、春麗に向けられていた。

「この者たち曰く、お前がここにいるのは間違いだそうだ。それで？　お前自身はどうしたいのだ」

「わた……し……」

「主上、その者の言うことなど……！」

「余は春麗に聞いておるのだ。それとも何か。お前は余の問いに答えさせないつもりか」

「い、いいえ。そういうわけでは……。春麗、早く答えなさい。お前は家に戻る。それでいいだろう？」

笑顔を浮かべているが、俊明の目は一切笑っていなかった。「わかっているだろうな」とでも言うかのような視線で春麗を睨みつけていた。

このまま後宮から追い出されてしまえば、またあの家に戻り、死ぬまで下女として働かされ続ける。もう二度と、青藍に会うことはできないだろう。

わかっている。自分ではなく花琳の方が妃という立場にふさわしいことも、青藍の隣に立つべきなのも。

なのに、なのに……。

「わた……しは……」

俯いたままだった春麗は、顔を上げた。金色の目で、前を見据えて。

「私は、ここにいたいです」

「お前……！」

「お姉様!? 生け贄の分際で何をふざけたことを！」

春麗の言葉に、俊明と花琳は憤ったが、そんな二人には見向きもせず、青藍は椅子から立ち上がると、春麗の方へと向かった。

そしてその身体を、逞しい腕で抱きしめた。

「きゃっ」

「よく言った」

未だ状況が理解できていない俊明と花琳は呆けたように二人の姿を見、そして尋ねた。

「主上……？」

「と、いうことだ。その娘はいらん。余には春麗がいるからな」

「主上！　ですが！」

「うるさい」

食い下がろうとする俊明を青藍は一喝すると、侍従に視線を向け、俊明たちを押さえつけさせた。

「私はこれがいいと言っているのだ。まだ何かあるのか」

「主上！　そんな女より私の方があなた様にふさわしいですわ！」

「帰れ！　そなたらが今までこれに何をしてきたか、余が知らぬとでも思っているのか。本当であれば相応の処罰をすることもできるのだ」

青藍は冷たい視線を俊明と花琳に向けた。凍てつくような視線に、二人は悲鳴を上げその場に座り込んだ。

そんな二人を蔑むように青藍は見下ろした。

「だがこれがそれを望まん。だから金輪際、余や春麗の前に姿を見せるな。それがそなたらへの罰だ。……連れて行け」

引きずられるようにして俊明と花琳は姿を消した。

そして残ったのは、青藍と春麗の二人だけ。

「主上……わた、私……」

「ん？」

「私……ここにいても……いいのですか？」

「お前は俺の妃だろう？　俺の元以外、どこに行くというのだ」

青藍は春麗を抱きしめる腕に力を込めた。もう離さないというかのように。そのぬくもりは、目覚めてからずっと春麗が欲しくて欲しくてたまらなかったものだった。

「ずっと……会いに来てくださらなかったから……もう、私……は、必要ないのだと、思っており、ました」

「会いに行けなくて悪かった。事後処理が立て込んでいてな。やっと全て片付いた」

「では、私のことなど、どうでもよくなったわけでは、ないの、ですね」

春麗の頬を涙が伝う。その涙を指先でそっと拭い取ると青藍は笑みを浮かべた。

「当たり前だろう。誰がそんなことを言ったのだ」

「誰も……。ですが、死の皇帝の汚名を濯いだ今となっては、私など不必要だと、そう勝手に思っておりました。所詮、私は生贄妃。後宮には元々いらっしゃった方々やこれから新しくたくさんの方々がいらっしゃるとの話も聞き、私はもう不要なのかと、そう……」

「馬鹿が。そのようなことがあると思うか？」

言葉とは裏腹に、その口調は優しかった。春麗にもわかる。その言葉に、どれほどの愛情が込められているのかを。

でも、それなら、どうして。

「どうして……位階を与えて下さらなかったのですか……？」

「春麗……」

抑えきれず、春麗の金色の目から大粒の涙がこぼれ落ちる。

「私など位階を与える価値もない……皆が言うように偽りの、生贄妃なのだとずっと、そう思って――」

青藍には言うまいと、心の憶測に隠し続けた本音が溢れ出る。いくら佳蓉が青藍が自分のことを想っていると言ってくれても、春麗には信じられなかった。

自分のことを誰かが想ってくれるなんて思えなかった。それに……。

春麗は青藍から目を逸らすように、足下へと視線を向けた。

もしも本当に想ってくれているのであれば、位階がないなんて有り得ないはずだ。

青藍はこの国の皇帝で、この後宮の主なのだから。

俯いたまま掌を握りしめる春麗の耳に、青藍の優しい声が聞こえた。

「すまなかった」

「しゅ、じょう」

青藍は、春麗の頬を流れる涙を指先でそっと拭い取った。

「お前が位階がないことを気にしていることはわかっていた。だが、与えるわけにはいかなかったのだ」

「どう、してですか……?」

「……位階を与えることで、お前も今までの妃嬪のように危害を加えられるのでは、と思うと怖かった。お前にだけは手出しされたくなかったのだ。だが、そのせいでお前には辛い想いをさせた。すまなかった」

「私の、ため……」

そんなふうに思ってくれていたなんて知らなかった。いや、知ろうともしなかったのかもしれない。自分の想いに精一杯で、周りに目を向けることなんてなかったから。

「だが、これからは——」

そんな春麗を、青藍は優しく見つめる。そして、春麗の身体を抱きしめ直すと、青藍は春麗に口づけた。

「今日はもうこの引見以外全て断った。このあとはずっとお前と一緒だ」

「主上……私、は……」

「黙れ。もうこれ以上話はいい。それよりも早く行くぞ。今日はお前の隣で眠りたい。いや、今日だけではない。これからずっとだ」

まるで壊れ物を扱うかのように優しく抱きしめてくれる青藍のぬくもりは、温かくて優しくて。幸せとはこういうことを言うのだと春麗に教えてくれるようだった。

青藍の両腕に抱かれ、春麗は連れられるまま回廊を進むが、向かう先は春麗の住む槐殿の方角ではなかった。

「あ、あの……」

「全てが片付いたと申しただろう」

たどり着いたのは日桜宮と対をなす、皇后のための宮殿、月桜宮。そんなところに、どうして。……まさか。

春麗は青藍を見上げた。青藍は春麗の言いたいことがわかったのか、口角を少し上げた。

「頭の固い古狸共を黙らせるのに時間がかかってしまったが、もう誰にも口出しはさせぬ」

月桜宮の扉を開けると、青藍はそっと春麗を下ろし、その背を押した。

促されるままに春麗はその部屋に足を踏み入れる。

槐殿も実家の部屋と比べれば天と地ほどの差があった。だが、この部屋は槐殿と比べることさえも烏滸がましいほど豪華絢爛な造りだった。

造りだけではない。おそらく、部屋に揃えられた調度品全てが、手を触れるのを躊躇うほどの品々だった。

そしてその部屋の真ん中に、仕立て上げられた衣装が掛けられていた。淡い桃色を基調とし、梅桃の花が刺繍されたそれは、まるで……。

「慎ましやかなようでいて、凛としたところがある。梅桃はまるでお前のようだ。気付いているか。お前がいる場所には笑顔が溢れる」

「そ、そのようなことは」

「知らず知らずのうちに、皆お前の笑顔につられ笑みを浮かべる」

「……主上も、ですか？」

春麗はおずおずと尋ねた。返事の代わりに、青藍は優しく笑みを浮かべる。

「お前にはあれを着て私の隣で笑っていて欲しい」

「あ……」

「否とは言わせないぞ」

青藍の言葉に春麗は覚悟を決めると、静かに頷いた。そんな春麗を満足そうに見ながら、青藍は言う。

「そしてこれからは、ここがお前の居場所だ」

「ここ、が……」

その言葉の意味がどういうことなのかわからないわけではない。青藍が春麗に何を望んでいるのか。けれど。

「どうした？」

青藍の言葉に、春麗は小さく首を振った。

「違います」

「違う？」

「はい、私の居場所はここではありません」

「では、どこだと言うのだ」

怒っているのではない。青藍は面白がっている。一体、春麗が何と返すのか楽しみで仕方がないという表情を浮かべている。そんな青藍に春麗は静かに笑みを浮かべた。

「私の居場所は――主上、あなたの隣です」

春麗の言葉に、青藍は一瞬驚いた表情を浮かべ、満足そうに笑った。

その翡翠色の瞳には微笑みを浮かべる春麗の姿が映っていた。春麗の金色の瞳にも、同じように青藍の姿が映っているはずだ。

この目が嫌いだった。周りの人間が春麗を疎ましく思うのと同じように、春麗もまた自身の持つこの呪われた目を疎んできた。

しかし青藍は、呪われた金色の目を綺麗だと言ってくれる。隣で笑っていて欲しいと言ってくれる。それなら。

春麗は自分の意志で踏み出した。この部屋の、主となるために。

これは呪われた目を持ち、家族にすら疎まれ虐げられ続けた少女が、死の皇帝を愛し、愛され、誰よりも幸せな皇后となるための物語――。

あとがき

こんにちは、望月くらげです。この度は『後宮の生贄妃～呪われた少女が愛を知るまで～』をお手にとって下さり、ありがとうございます。

この物語は、生贄として後宮に上がることになった主人公・春麗が、そこで出会った皇帝・青藍と恋に落ち幸せになるシンデレラストーリー、であるとともに、春麗が少しずつ自分のことを認め、コンプレックスだった目を受け入れ、乗り越える成長物語、となっています。

春麗は虐げられて育ってきたせいで自分のことが嫌いで、自信がなくて『こんな私なんていなくなればいいのに』と思っている女の子です。

舞台は中華後宮と、現代を生きる私たちには少し馴染みがない世界にはなりますが、春麗と同じように自分に自信がなく、不安な思いを抱えながら今を過ごしている人も多いかと思います。春麗の思いに少しでも共感し、変わっていく姿に何かを感じてもらえれば嬉しいです。

　それでは最後に謝辞を。本作の元となる短編小説を『第17回キャラクター短編小説コンテスト「後宮シンデレラストーリー」』にて優秀賞に選出してくださった編集部の皆様、本当にありがとうございました。

　書籍化のお声がけをくださった担当編集者様、長編化及び改稿に伴いたくさんの素敵なアイデアやアドバイスを頂けてとても嬉しかったです。

　そして、美麗な装画を手がけてくださった白谷ゆう様。とっても可愛らしい春麗と眉目秀麗な青藍をありがとうございました！　青藍のあまりの素敵さにときめかずにはいられませんでした……！

　また、いつも一緒に執筆を頑張っている友人達。作業中やお酒を飲みながら喋る時間は、気付くと執筆ばかりしてしまう私にとって癒やしです。また楽しい時間を過ごしましょう！

　なにより、この本を手に取ってくださった全ての方々へ、心からの感謝を。ここまでお読み頂き本当にありがとうございます。この本が少しでも皆様に楽しい時間をお届けできていれば嬉しいです。


　それでは、またどこかで皆様と出会えることを、心から願って。

望月くらげ

この物語はフィクションです。実在の人物、団体等とは一切関係がありません。

望月くらげ先生へのファンレターのあて先
〒104-0031　東京都中央区京橋1-3-1　八重洲口大栄ビル7F
スターツ出版（株）書籍編集部 気付
望月くらげ先生

後宮の生贄妃
～呪われた少女が愛を知るまで～

2022年3月28日　初版第１刷発行

著　者　　望月くらげ　©Kurage Mochizuki 2022

発 行 人　菊地修一
デザイン　カバー　北國ヤヨイ（ucai）
　　　　　フォーマット　西村弘美
発 行 所　スターツ出版株式会社
　　　　　〒104-0031
　　　　　東京都中央区京橋1-3-1　八重洲口大栄ビル7F
　　　　　出版マーケティンググループ　TEL 03-6202-0386
　　　　　（ご注文等に関するお問い合わせ）
　　　　　URL　https://starts-pub.jp/
印 刷 所　大日本印刷株式会社

Printed in Japan

乱丁・落丁などの不良品はお取り替えいたします。上記出版マーケティンググループまでお問い合わせください。

本書を無断で複写することは、著作権法により禁じられています。

定価はカバーに記載されています。

ISBN　978-4-8137-1243-5　C0193

スターツ出版文庫　好評発売中!!

『卒業　桜舞う春に、また君と』

卒業式を前になぜか大切な友達と一緒に過ごせなくなった女子高生（『桜の花びらを君に』丸井とまと）、兄の急死で自分の居場所を見つけられず反抗する男子中学生（『初恋の答えは、約束の海で』水葉直人）、亡くなった彼との叶わぬ再会の約束を守ろうと待ち合わせ場所を訪れる女性（『花あかり～願い桜が結ぶ過去～』河野美姫）、自分宛てではないラブレターに正体を偽って返事を書く女子高生…（『うそつきラブレター』汐見夏衛）。桜舞う春、別れと出会いの季節に、さまざまな登場人物が葛藤し成長していく姿に心救われる一冊。

ISBN978-4-8137-1229-9／定価660円（本体600円+税10%）

『泣いて、笑って、ありのままの君で』　音はつき・著

自分に自信のない白城庭は、嫌なことを嫌と言えず、自分の好きなもののことも隠して過ごしていた。ある日、クラスの中心人物・鍬内想にその秘密を知られてしまう。笑われると思ったのに「俺の前では、堂々と好きなものを好きって言っていい」と、ありのままの庭を受け入れてくれて…。想の存在が、ずっと本当の自分を見せるのが怖かった庭を変えていく。しかし、実は想にも庭に見せていない心の奥の葛藤があると知り――。正反対のふたりが認め合い、自分らしさを見つける、青春恋愛感動作！

ISBN978-4-8137-1227-5／定価638円（本体580円+税10%）

『京の鬼神と甘い契約～新しい命と永久の誓い～』　栗栖ひよ子・著

追放された京都の和菓子屋令嬢・茜は、店を取り戻すため、世にも美しい鬼神・伊吹と契約し、偽装夫婦となる。形だけの夫婦だったはずが、伊吹に過保護に溺愛されて…。しかし、人間が鬼神の本当の花嫁になるには、彼の子を身籠らねばならないと知り――。ウブな茜はその条件に戸惑い、伊吹とぎくしゃく。その頃、店に新しい店員・真白が入る。彼は、イジワルな鬼神様・伊吹とは真逆の優しい王子様イケメン。なぜか茜との距離が近い真白に伊吹の独占欲が目覚めて…。ふたりは果たして本当の夫婦になれるのか――⁉

ISBN978-4-8137-1228-2／定価649円（本体590円+税10%）

『後宮妃は麒神の生贄花嫁　五神山物語』　唐澤和希・著

数百年に一度、黄色の星が流れると、時を統べる麒神・旺隠に花嫁を捧げる国・漸帝国の公主として育った春蘭。好きな人がいる姉の代わりに麒神の生贄花嫁として捧げられることに。孤独な旺隠と天真爛漫な春蘭は一瞬で惹かれ合い、春蘭はご懐妊するも、突然命を失ってしまい…。そして三百年後、転生した春蘭は再び後宮入りし、旺隠と過去の幸せを取り戻そうと奔走し、愛されて――。「お腹の子と君を必ず守る」今度こそ愛し合うふたりの子を守れるのか⁉　大人気シリーズ五神山物語第二弾！

ISBN978-4-8137-1230-5／定価638円（本体580円+税10%）

スターツ出版文庫　好評発売中!!

『記憶喪失の君と、君だけを忘れてしまった僕。3～Refrain～』　小鳥居ほたる・著

大切な人を飛行機事故で失い、後悔を抱え苦しんでいた奈雪。隣人の小鳥遊の存在に少しずつ救われていくが、その矢先、彼が事故で記憶喪失になってしまう。それでも側で彼を支える奈雪。しかし、過去の報いのようなある出来事が彼女を襲い、過去にタイムリープする。奈雪はもう一度生き直し、小鳥遊の運命を変えようともがくが…。二度目の世界では華怜という謎の美少女が現れて——。愛する人を幸せにするため、奈雪が選んだ選択とは？全ての意味が繋がるラストに、涙！感動の完結編！

ISBN978-4-8137-1210-7／定価737円（本体670円+税10%）

『君が僕にくれた余命363日』　月瀬まは・著

幼いころから触れた人の余命が見える高２の瑞季。そんな彼は、人との関わりを極力避けていた。ある日、席替えで近くなった成田花純に「よろしく」と無理やり握手させられ、彼女の余命が少ないことが見えてしまう。数日後、彼女と体がぶつかってしまい、再び浮かびあがった数字に瑞季は固まってしまう。なんと最初にぶつかったときより、さらに余命が一年減っていたのだった——。瑞季は問いかけると…彼女からある秘密を明かされる。彼女に生きてほしいと奔走する瑞季と運命に真っすぐ向き合う花純の青春純愛物語。

ISBN978-4-8137-1212-1／定価693円（本体630円+税10%）

『後宮の寵姫は七彩の占師～月心殿の貴妃～』　喜咲冬子・著

不遇の異能占師・翠玉は、後宮を蝕む呪いを解くため、皇帝・明啓と偽装夫婦となり入宮する。翠玉の占いで事件は解決し「俺の本当の妻になってほしい」と、求婚され夫婦に。皇帝としての明啓はクールだけど…翠玉には甘く愛を注ぐ溺愛夫。幸せなはずの翠玉だが、異能一族出身のせいで皇后として認められぬままだった。さらに周囲ではベビーラッシュが起こり、後継者を未だ授かれぬ翠玉は複雑な心境。そんな中、ついに懐妊の兆しが…⁉しかし、その矢先、翠玉を脅かす謎の文が届いて——。

ISBN978-4-8137-1211-4／定価693円（本体630円+税10%）

『大正偽恋物語～不本意ですが御曹司の恋人になります～』　小谷杏子・著

時は大正四年。両親を亡くし叔父夫婦に引き取られ、虐げられて育った没落令嬢・御鍵絹香。嫌がらせばかりの毎日に嫌気がさしていた。ある日、絹香は車に轢かれそうなところを偶然居合わせた子爵令息・長丘敦貴に後ろから抱きすくめられ、助けてもらう。敦貴に突然『恋人役にならないか』と提案され、絹香は迷わず受け入れる。期間限定の恋人契約のはずが、文通やデートを重ねるうちにお互い惹かれていく。絹香は偽物の恋人だから好きになってはいけないと葛藤するが、敦貴に「全力で君を守りたい」と言われ愛されて…。

ISBN978-4-8137-1213-8／定価682円（本体620円+税10%）

スターツ出版文庫　好評発売中!!

『天国までの49日間～ファーストラブ～』　櫻井千姫・著

霊感があり生きづらさを感じていた高２の稜歩は、同じ力をもつ榊と出会い、自信を少しずつ取り戻していた。でも榊への淡い恋心は一向に進展せず…。そんな中、ファンをかばって事故で死んだイケメン俳優・夏樹が稜歩の前に現れる。彼は唯一の未練だという「初恋の人」に会いたいという。少しチャラくて強引な夏樹に押されて、彼の初恋の後悔を一緒に取り戻すことに。しかし、その恋には、ある切ない秘密が隠されていて——。死んで初めて気づく、大切な想いに涙する。

ISBN978-4-8137-1196-4／定価737円（本体670円+税10%）

『僕の記憶に輝く君を焼きつける』　髙橋恵美・著

付き合っていた美涼を事故で亡くした騎馬は、彼女の記憶だけを失っていた。なにか大切な約束をしていたはず…と葛藤していると——突然二年前の春に戻っていた。騎馬は早速美涼に未来では付き合っていたと打ち明けるも「変な人」とあしらわれてしまう。それでも、彼女はもう一度過ごす毎日を忘れないようにとメモを渡し始める。騎馬は彼女の運命を変えようと一緒に過ごすうちに、もう一度惹かれていき…。ふたりで過ごす切なくて、苦しくて、愛おしい日々。お互いを想い合うふたりの絆に涙する！

ISBN978-4-8137-1198-8／定価671円（本体610円+税10%）

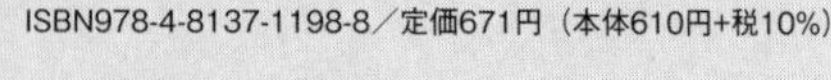

『鬼の花嫁五～未来へと続く誓い～』　クレハ・著

玲夜から結婚式衣装のパンフレットを手渡された鬼の花嫁・柚子。玲夜とふたり、ドレスや着物を選び、いよいよ結婚するのだと実感しつつ、柚子は一層幸せに包まれていた。そんなある日、柚子は玲夜を驚かせるため、手作りのお弁当を持って会社を訪れると…知らない女性と抱き合う瞬間を目撃。さらに、父親から突然手紙が届き、柚子は両親のもとを訪れる決意をし…。「永遠に俺のそばにいてくれ」最も強く美しい鬼・玲夜と彼に選ばれた花嫁・柚子の結末とは…⁉

ISBN978-4-8137-1195-7／定価660円（本体600円+税10%）

『後宮の巫女嫁～白虎の時を超えた寵愛～』　忍丸・著

額に痣のある蘭花は、美しい妹から虐げられ、家に居場所はない。父の命令で後宮勤めを始めると、皇帝をも凌ぐ地位を持つ守護神・白虎の巫女花嫁を選ぶ儀式に下女として出席することに。しかし、そこでなぜか蘭花が花嫁に指名されて…⁉猛々しい虎の姿から、息を呑むほどの美しい男に姿を変えた白星。「今も昔も、俺が愛しているのはお前だけだ」それは、千年の時を超え再び結ばれた、運命の糸だった。白星の愛に包まれ、蘭花は後宮で自分らしさを取り戻し、幸せを見つけていき——。

ISBN978-4-8137-1197-1／定価682円（本体620円+税10%）

スターツ出版文庫　好評発売中!!

『僕を残して、君のいない春がくる』　此見えこ・著

顔の傷を隠すうち、本当の自分を偽るようになった晴は、ずっと眠りつづけてしまう難病を抱えるみのりと出会う。ある秘密をみのりに知られてしまったせいで、口止め料として彼女の「普通の高校生になりたい」という願いを叶える手伝いをすることに。眠りと戦いながらもありのままに生きる彼女と過ごすうち、晴も自分を偽るのをやめて、小さな夢を見つける。しかし、冬を迎えみのりの眠りは徐々に長くなり…。目覚めぬ彼女の最後の願いを叶えようと、晴はある場所に向かうが――。

ISBN978-4-8137-1181-0／定価660円（本体600円+税10%）

『笑っていたい、君がいるこの世界で』　麻沢 奏・著

中学３年のときに不登校になった美尋は、ゲームの推しキャラ・アラタを心の支えに、高校へ入学。同じクラスには、なんと推しとそっくりな男子・坂木新がいた――。戸惑っているうちに、彼とふたり図書委員を担当することに。一緒に過ごすうちに美尋は少しずつ心がほぐれていくも、トラウマを彷彿させることが起きてしまい…。周りを気にしすぎてしまう美尋に対し、まっすぐに向き合い、美尋の長所に気付いてくれる新。気付けば唯一の支えだった推しの言葉より、新の言葉が美尋の心を強く動かすようになっていき…。

ISBN978-4-8137-1182-7／定価638円（本体580円+税10%）

『夜叉の鬼神と身籠り政略結婚三～夜叉姫は生贄花嫁～』　沖田弥子・著

あかりと鬼神・柊夜の間に産まれ、夜叉姫として成長した長女・凜。両親に愛されつつも、現世での夜叉姫という立場に孤独を抱えていた。まもなく二十歳となる凜は、生贄花嫁としてその身を鬼神に捧げる運命が決まっていて…。「約束通り迎えに来た、俺の花嫁」――。颯爽と現れたのは異国の王子様のような容姿端麗な鬼神・春馬だった。政略結婚の条件として必ず世継が欲しいと春馬に告げられる。神世と現世の和平のためと、経験のない凜は戸惑いながらも、子を作ることを受け入れるが…。

ISBN978-4-8137-1183-4／定価671円（本体610円+税10%）

『遊郭の花嫁』　小春りん・著

薄紅色の瞳を持つことから疎まれて育った吉乃。多額の金銭と引き換えに売られた先は、あやかしが“花嫁探し”のために訪れる特別な遊郭だった。「ずっと探していた、俺の花嫁」そう言って吉乃の前に現れたのは、吉原の頂点に立つ神様・咲耶。彼は、吉乃の涙には“惚れ薬”の異能があると見抜く。それは遊郭で天下を取れることを意味していたが、遊女や妖に命を狙われてしまい…。そんな吉乃を咲耶は守り抜くと誓ってくれて――。架空の遊郭を舞台にした、和風シンデレラファンタジー。

ISBN978-4-8137-1180-3／定価693円（本体630円+税10%）

スターツ出版文庫　好評発売中!!

『交換ウソ日記3～ふたりのノート～』　櫻いいよ・著

周りに流されやすい美久と、読書とひとりを好む景は、幼馴染。そして、元恋人でもある。だが高校では全くの疎遠だ。ある日、景は自分を名指しで「大嫌い」と書かれたノートを図書室で見つける。見知らぬ誰かに全否定され、たまらずノートに返事を書いた景。一方美久は、自分の落としたノートに返事をくれた誰かに興味を抱き、不思議な交換日記が始まるが…その相手が誰か気づいてしまい!?ふたりは正体を偽ったままお互いの気持ちを探ろうとする。しかしそこには思いもしなかった本音が隠されていて──。

ISBN978-4-8137-1168-1／定価715円（本体650円+税10%）

『月夜に、散りゆく君と最後の恋をした』　木村 咲・著

花屋の息子で嗅覚が人より鋭い明日太は同級生の無愛想美人・莉愛のことが気になっている。彼女から微かに花の香りがするからだ。しかし、その香りのワケは、彼女が患っている奇病・花化病のせいだった。花が好きな莉愛は明日太の花屋に通うようになりふたりは惹かれ合うが…臓器に花の根がはり体を蝕んでいくその病気は、彼女の余命を刻一刻と奪っていた。──無力で情けない僕だけど、「君だけは全力で守る」だから、生きて欲しい──そして命尽きる前、明日太は莉愛とある最後の約束をする。

ISBN978-4-8137-1167-4／定価638円（本体580円+税10%）

『鬼の生贄花嫁と甘い契りを』　湊 祥・著

赤い瞳を持って生まれ、幼いころから家族に虐げられ育った凛。あることがきっかけで不運にも凛は鬼が好む珍しい血を持つことが発覚する。そして生贄花嫁となり、鬼に血を吸われ命を終えると諦めていた凛だったが、颯爽と迎えに現れた鬼・伊吹はひと目で心奪われるほどに見目麗しく色気のある男性だった。「俺の大切な花嫁だ。丁重に扱え」伊吹はありのままの凛を溺愛し、血を吸う代わりに毎日甘い口づけをしてくれる。凛の凍てついた心は少しずつ溶け、伊吹の花嫁として居場所を見つけていき…。

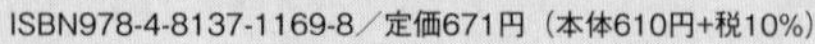

ISBN978-4-8137-1169-8／定価671円（本体610円+税10%）

『大正ロマン政略婚姻譚』　朝比奈希夜・著

時は大正十年。没落華族令嬢の郁子は、吉原へ売り渡されそうなところを偶然居合わせた紡績会社御曹司・敏正に助けられる。『なぜ私にそこまでしてくれるの…』と不思議に思う郁子だったが、事業拡大を狙う敏正に「俺と結婚しよう」と政略結婚を持ちかけられ…。突然の提案に郁子は戸惑いながらも受け入れる。お互いの利益のためだけに選んだ愛のない結婚のはずが、敏正の独占欲で過保護に愛されて…。甘い言葉をかけてくれる敏正に郁子は次第に惹かれていく。限定書き下ろし番外編付き。

ISBN978-4-8137-1170-4／定価682円（本体620円+税10%）

スターツ出版文庫　好評発売中!!

『30日後に死ぬ僕が、君に恋なんてしないはずだった』　茉白いと・著

難病を患い、余命わずかな呉野は、生きることを諦め日々を過ごしていた。ある日、クラスの明るい美少女・吉瀬もまた“夕方の記憶だけが消える”難病を抱えていると知る。病を抱えながらも前向きな吉瀬と過ごすうち、どうしようもなく彼女に惹かれていく呉野。「君の夕方を僕にくれないか」夕暮れを好きになれない彼女のため、余命のことは隠したまま、夕方だけの不思議な交流を始めるが――。しかし非情にも、病は呉野の体を蝕んでいき…。

ISBN978-4-8137-1154-4／定価649円（本体590円+税10%）

『明日の世界が君に優しくありますように』　汐見夏衛・著

あることがきっかけで家族も友達も信じられず、高校進学を機に祖父母の家に引っ越してきた真波。けれど、祖父母や同級生・漣の優しさにも苛立ち、なにもかもうまくいかない。そんなある日、父親と言い争いになり、自暴自棄になる真波に漣は裏表なくまっすぐ向き合ってくれ…。真波は彼に今まで秘めていたすべての思いを打ち明ける。真波が少しずつ前に踏み出し始めた矢先、あることがきっかけで漣が別人のようにふさぎ込んでしまい…。真波は漣のために奔走するけれど、実は彼は過去にある後悔を抱えていた――。

ISBN978-4-8137-1157-5／定価726円（本体660円+税10%）

『鬼の花嫁四～前世から繋がる縁～』　クレハ・著

玲夜からとどまることなく溺愛を注がれる鬼の花嫁・柚子。そんなある日、龍の加護で神力が強まった柚子の前に、最強の鬼・玲夜をも脅かす力を持つ謎の男が現れる。そして、求婚に応じなければ命を狙うと脅されて…!?「俺の花嫁は誰にも渡さない」と玲夜に死守されつつ、柚子は全力で立ち向かう。そこには龍のみが知る、過去の因縁が隠されていた…。あやかしと人間の和風恋愛ファンタジー第四弾！

ISBN978-4-8137-1156-8／定価682円（本体620円+税10%）

『鬼上司の土方さんとひとつ屋根の下』　真彩-mahya-・著

学生寮で住み込みで働く美晴は、嵐の夜、裏庭に倒れている美男を保護する。刀を腰に差し、水色に白いギザギザ模様の羽織姿…その男は、幕末からタイムスリップしてきた新選組副長・土方歳三だった！　寮で働くことになった土方は、持ち前の統制力で学生を瞬く間に束ねてしまう。しかし、住まいに困る土方は美晴と同居すると言い出して…!?　ひとつ屋根の下、いきなり美晴に壁ドンしたかと思えば、「現代では、好きな女にこうするんだろ？」――そんな危なっかしくも強くて優しい土方に恋愛経験の無い美晴はドキドキの毎日で…!?

ISBN978-4-8137-1155-1／定価704円（本体640円+税10%）

書店店頭にご希望の本がない場合は、書店にてご注文いただけます。

ノベマ！

小説コンテストを
毎月開催！
新人作家も続々デビュー。

作家大募集

作品は、累計650万部突破の
「スターツ出版文庫」から
書籍化。

ノベマ　検索　https://novema.jp/